Annika Thor

Wie ein brennender Vogel

Aus dem Schwedischen
von Angelika Kutsch

CARLSEN

Außerdem von Annika Thor im Carlsen Verlag lieferbar:
Eine Insel im Meer
Eine Bank am Seerosenteich
In der Tiefe des Meeres
Offenes Meer
Ein rotes Herz, ein blauer Schmetterling

Veröffentlicht im Carlsen Verlag
Dezember 2004

Originalverlag: BonnierCarlsen Bokförlag AB, Stockholm
Originaltitel: »Eldfågeln«

Umschlagbild: Ute Martens
Umschlaggestaltung: Doris K. Künster / Britta Lembke
Corporate Design Taschenbuch: Dörte Dosse
Druck und Bindung: GGP Media GmbH, Pößneck
ISBN 3-551-35374-3
Printed in Germany

Einmal, mein Kind, werde ich dir vom Feuervogel erzählen. Einmal, wenn du alt genug bist, um zuzuhören und zu verstehen.

Du siehst mich an mit deinen dunklen Augen, schwarzblau wie die Augen deiner Mutter. Dein Blick ist klug und fest. Vielleicht bist du weiser als wir. Vielleicht wissen wir schon alles, wenn wir geboren werden, mehr, als Gott will, dass jemand wissen soll. Dann vergessen wir es und müssen mühselig erneut lernen.

Was weißt du vom Schmerz, mein Kind? Was hast du in den Stunden gelernt, als deine Mutter dich herauspresste, keuchte und presste, sich quälte und schrie? Schließlich riefen die anderen Frauen mich an ihr Lager. Sie sagten, manchmal hilft es, wenn der Vater des Kindes die Mutter in seinen Armen hält, wenn der Frau das Gebären schwer fällt. Sie konnten ja nicht wissen, dass ich damals noch nicht dein Vater war.

Ich tat dennoch, um was mich die Frauen baten. Und du wurdest geboren und ihr lebtet beide lange. Du schriest, und die Frauen legten dich deiner Mutter an die Brust. Sie sah mich an und lächelte. In dem Augenblick wurde ich dein Vater.

Einmal, mein Kind, werde ich dir vom Feuervogel erzählen, der dein Vater war. Vom Feuervogel, der immer noch durch meine Träume fliegt.

Die Zwillinge

Sieben Kinder gebar meine Mutter, zu Hause in unserem Dorf in der mecklenburgischen Ebene. Johann war der Älteste. Die vier, die nach ihm zur Welt kamen, starben schon als Säuglinge. Da wanderte meine Mutter zu Fuß nach der Stadt Lübeck. In der Marienkirche bat sie die Mutter Gottes, ihr nicht auch noch das nächste Kind zu nehmen.

Meine Mutter wurde doppelt erhört. Als meine Zwillingsschwester Anna und ich geboren wurden, glaubte Mutter, die Jungfrau Maria wollte ihr gnädig sein, ihr aber auch zeigen, dass Gott über Leben und Tod gebietet. Denn meine Schwester Anna, die als Erste geboren wurde, war gesund und stark und rot. Ich aber war klein und bläulich blass und wollte nicht schreien. Ein Kind, das leben soll, und eins, das sterben muss, so dachte meine Mutter. Sie hat es Anna und mir oft erzählt. Doch ich überlebte. Ich lebte und bekam den Namen Mathias nach dem Heiligen, an dessen Tag ich geboren wurde.

Meine Schwester Anna war meine liebste Freundin. Immer waren wir zusammen, Anna und ich. Wir waren uns kein bisschen ähnlich.

Ich blieb mager und blass, meine Haare sind aschgrau und ich habe graue Augen. Ein ängstliches Kind war ich. Hätte ich nicht Anna gehabt, an die ich mich halten konnte, hätte ich wahrscheinlich ständig meiner Mutter am Rockzipfel gehangen.

Anna hatte dickes braunes Haar und Augen wie ein Eichhörnchen. Seit wir ganz klein waren, war sie immer einen halben Kopf größer als ich. Sie lief schneller und war die Stärkere, wenn wir uns rauften. Anna hatte vor nichts Angst. Sie verteidigte mich gegen Johann und gegen die Dorfkinder, die mich wegen meiner Kränklichkeit verhöhnten. Und obwohl Anna nur ein kleines Mädchen war, gehorchten ihr die Kinder und verstummten beschämt. So war sie, meine Schwester Anna.

Einmal hörte ich Johann zu seinen Kameraden sagen, dass Gott einen Fehler gemacht habe, als er Anna und mich schuf. Eigentlich hätte Anna ein Junge und ich ein Mädchen werden sollen. Aber Gott hätte einen Fehler gemacht, sagte Johann, und deswegen waren wir, wie wir waren. Ein verrücktes Mädchen, das auf Bäume kletterte, und ein Jammerlappen von einem Jungen, der wegen der geringsten Schramme weinte.

Danach versuchte ich den anderen Jungen mehr zu gleichen. Ich weinte nicht, jedenfalls nicht dann, wenn Johann es sah.

Anna kümmerte es nicht, dass ich weinte. Sie war meine liebste Freundin.

In unserem vierzehnten Jahr war Anna immer noch größer als ich, ausgewachsen und schön. Wir teilten das Bett nicht mehr wie früher, als wir klein gewesen waren. Anna war eine Frau geworden und schlief allein. Ich musste das Bett mit Johann teilen, der schnarchte und im Schlaf mit den Armen um sich schlug, so dass ich manchmal mit Nasenbluten erwachte.

Anna war eine Frau, doch ich war noch kein

Mann. Auf meiner Oberlippe zeigte sich ein wenig Flaum, aber mein Körper war immer noch der eines Jungen. Ich arbeitete zusammen mit meinem Vater und Johann auf den Äckern, säte, erntete und holte Heu ein. Anna half Mutter im Haus und im Stall. Sie bereiteten das Essen zu; sie spannen, webten und nähten unsere Kleider; sie molken und kümmerten sich um die Tiere. So musste es sein, so war es immer gewesen, schon seit der Zeit Adams und Evas.

Anna sagte manchmal, sie würde lieber mit uns draußen im Freien arbeiten. Am fröhlichsten war sie in der Erntezeit, wenn die Frauen mit auf den Feldern sein durften, um die Garben zu binden. Aber im Frühling sah ich sie oft an der Hausecke stehen und über die Hügel schauen, hinterm Haus und hinter dem Dorf. Sie konnte einer Lerche mit Blicken folgen, als ob sie sie um ihre Flügel und die Freiheit beneidete, hinzufliegen, wohin sie wollte.

Auch meine Blicke suchten mehr, als meine Augen sehen konnte. Hinter unserem Dorf, hinter den Äckern und Hügeln gab es Städte, Kirchen und Klöster. Unser Kirchspielpfarrer, Vater Martin, hatte mir von den Orten erzählt, an denen er studiert hatte, von der Lateinschule und von Klosterbibliotheken, die gefüllt waren mit Büchern. Da seufzte er oft und sagte: »Wie wenige ich von ihnen lesen konnte.«

Vater Martin stammte genau wie ich aus einer Bauernfamilie. Söhne von einfachem Volk konnten Unterstützung beim Studieren bekommen, wenn sie begabt genug waren. Heimlich träumte ich davon, Pfarrer zu werden. Ich war durch die Gnade der Heiligen Jungfrau zum Leben errettet. War ich dann nicht dazu bestimmt, Gottes Diener zu werden?, dachte ich.

Einmal erwähnte ich meinen Wunsch gegenüber Vater. Er wedelte ihn fort, wie er bei der Heuernte eine hartnäckige Fliege fortwedelte. Die Sache kam nie wieder zur Sprache zwischen uns. Aber mit Anna sprach ich oft darüber.

So war unser Leben in meinem vierzehnten Jahr, als mein Vater zum Herbstmarkt nach Lübeck fuhr, nach Michaelis.

Mein Vater kam mit einer neuen Axt nach Hause, die schärfer war als alle Äxte, die wir bis dahin besessen hatten, mit Nadeln und Nähgarn für Mutter und mit einem sehr zufriedenen, geheimnisvollen Gesichtsausdruck. Während Mutter und Anna das Abendessen auftischten, erzählte Vater von all dem Seltsamen, das er in der Stadt erlebt hatte. Er erzählte von feinen Damen mit Hüten, die so hoch waren wie Körbe, und von einem Gaukler mit einem zahmen Affen, den er auf dem Markt gesehen hatte. Er beschrieb die Kunststücke des Affen, so dass Anna und ich vor Lachen fast erstickten, und sogar Johann musste den Mund ein wenig verziehen.

Aber das Geheimnis, das Vater aus Lübeck mitgebracht hatte, behielt er an diesem Abend für sich. Hin und wieder konnte ich es in seinem Blick aufblitzen sehen.

In derselben Nacht erwachte ich, weil Johann mich im Schlaf stieß. Ich schnappte nach Luft, hörte dann jedoch, dass Vater und Mutter wach waren und sich in ihrem Bett an der gegenüberliegenden Wand unterhielten.

»Aber er ist doch noch so jung!«, hörte ich Mutter sagen. »Fast noch ein Kind.«

»Im Winter wird er vierzehn«, sagte Vater. »Das ist genau das richtige Alter.«

Mutter seufzte.

»Anna wird untröstlich sein«, sagte sie. »Die beiden sind doch unzertrennlich.«

»Ein Grund mehr, sie zu trennen«, sagte Vater schroff. »Anna ist bald im heiratsfähigen Alter. Oder denkst du, sie soll im Haus bleiben und das Bett mit ihrem Bruder teilen?«

Ich hörte einen unterdrückten Laut, der wie ein Schluchzen klang. War das Mutter? Oder war Anna auch wach und lauschte genau wie ich?

»Es ist zum Besten des Jungen«, fuhr Vater mit sanfterer Stimme fort. »Der Hof ist zu klein, um aufgeteilt zu werden. Und Mathias ist kein Bauer, nicht wie Johann und ich.«

In meinem Kopf wirbelten die Gedanken durcheinander. Offenbar wollten sie mich fortschicken. Aber wohin? Nach Lübeck? Hatte Vater es sich anders überlegt und beschlossen, mich doch auf die Lateinschule gehen zu lassen? Sollte ich doch Pfarrer werden dürfen?

Ich spürte Unruhe bei dem Gedanken, mein Zuhause zu verlassen, und einen schmerzlichen Stich bei der Vorstellung, von Anna getrennt zu werden. Aber ich sagte mir, dass Lübeck nur drei Tagesreisen von unserem Dorf entfernt war und dass ich meine Familie oft besuchen können würde.

Ich war so erfüllt von meinen Gedanken, dass ich vergaß, dem Gespräch zwischen Vater und Mutter weiter zu lauschen. Außerdem war es zu einem Gemurmel geworden und die einzelnen Worte waren nicht mehr zu verstehen. Aber plötzlich sagte Vater mit lauter Stimme: »So soll es sein. Wenn Gott will. Gute Nacht.«

»Gute Nacht«, hörte ich Mutter antworten.

Noch lange, nachdem Vaters gleichmäßiges Schnarchen durch den Raum rollte, lag ich wach und dachte nach. Ich stellte mir meine Zukunft zwischen Büchern und gelehrten Männern vor, im Dienst Gottes und der Menschen, und ich empfand tiefe Dankbarkeit gegen Vater, der meinen Wunsch ernst genommen hatte.

Kurz bevor ich einschlief, dachte ich, dass Anna meine Haushälterin werden könnte, wenn ich Pfarrer war. Auf die Weise konnten wir für immer zusammen bleiben. Falls sie nicht heiraten wollte natürlich.

Am nächsten Tag war ich eifriger bei der Arbeit als gewöhnlich. Ich wollte Vater zeigen, dass ich ihm dankbar war, und versuchte mein Bestes zu tun. Wir schlugen eine alte Esche auf der Waldlichtung hinterm Haus ab, um Feuerholz zu haben. Vater benutzte die neue Axt und ich kappte die Zweige mit unserer alten. Die ganze Zeit wartete ich darauf, dass Vater mit mir über die Schule in Lübeck reden würde, aber er sagte nichts.

Erst als wir endlich zu Abend gegessen hatten, ergriff er das Wort. Er räusperte sich bedeutsam und sagte: »Ich habe euch etwas zu erzählen.«

Anna warf mir einen schnellen Blick zu. Mir wurde klar, dass auch sie in der vergangenen Nacht wach gewesen war.

»Es geht um Mathias«, sagte Vater.

Johann verzog einen Mundwinkel zu einem schiefen Lächeln, was vermutlich bedeutete, dass er sich nicht dafür interessierte, was mit mir geschah. Aber vielleicht dachte er auch, ich hätte etwas angestellt, wofür Vater mich jetzt bestrafen wollte.

»In Lübeck«, sagte Vater, »habe ich Arendt Kock, den Sohn meines Onkels besucht. Er ist Kaufmann und besitzt ein großes Haus und mehrere Speicher in der Nähe des Hafens.«

Also hatte Vater einen Wohltäter für mich gefunden! Einen richtigen Verwandten, der mein Studium bezahlen würde. Vielleicht würde ich bei diesem Arendt Kock wohnen dürfen, in seinem Haus?

»Arendt Kock schickt Roggen, Mehl und viele andere Waren zu einem Hafen weit im Norden, der Bergen heißt«, fuhr Vater fort. »Seine Schiffe kehren dann voll beladen mit getrocknetem Fisch zurück, den er mit gutem Gewinn verkauft. Damit hat er ein Vermögen gemacht.«

Ich hörte ungeduldig zu. Mich interessierte es nicht, wie Arendt Kock sein Geld verdiente. Dass er es benutzen wollte, um mir zu helfen, das war eine andere Sache!

»Viele Kaufleute in Lübeck treiben Handel mit Bergen«, sagte Vater. »Aber ihre Geschäfte machen sie nicht mit einheimischen Kaufleuten. In der Stadt haben sich Deutsche niedergelassen, die dort Fisch aufkaufen und die Waren verkaufen, die aus Lübeck und aus anderen deutschen Städten kommen. Arendt Kock hat mir erzählt, wie er als junger Mann nach Bergen gefahren ist und dort den Beruf des Kaufmanns erlernt hat. Nach fünfzehn Jahren kehrte er nach Hause zurück. Er brachte genügend Geld mit, um sein eigenes Handelshaus zu errichten. Er hat mir angeboten, dir eine Stelle zu besorgen, Mathias, wenn die neuen Lehrlinge in diesem Frühjahr von Lübeck abfahren.«

Das also war Vaters Geheimnis!

Fünfzehn Jahre im fernen Norden. Es war ein Gefühl, als würde ich auf Lebenszeit verbannt werden.

»Vater!«

Annas Stimme war schrill, bevor sie abbrach.

»Vater! Schick Mathias nicht weg!«

Mutter gab ihr ein Zeichen zu schweigen. Aber Anna redete einfach weiter: »Ich verspreche, dass ich sofort heirate, wenn du es möchtest, Vater. Aber schick Mathias nicht fort!«

»Du redest ohne Verstand, Mädchen«, sagte Vater. »Heiraten wirst du, wenn die Zeit reif ist. Aber Mathias muss einen Beruf lernen, und ich glaube, dies ist der richtige Beruf für ihn. Ihr hättet Arendt Kock sehen sollen, ein einfacher Bauernsohn genau wie ich und jetzt gekleidet in die feinsten Stoffe, mit Pelzbesatz und Samthut! Die Lehrlinge in Bergen werden auch im Lesen unterrichtet. Das wolltest du doch schon lange lernen, Mathias!«

Meine Zunge war steif wie ein Stück Holz in meinem Mund. Unter großem Kraftaufwand gelang es mir, sie so weit zu bewegen, dass ich murmeln konnte: »Ja, Vater. Danke, Vater.«

Ich wich Annas Blick aus, aber aus dem Augenwinkel sah ich, dass ihre Augen voller Tränen standen.

Die Schiffe sollten frühzeitig im Frühling von Lübeck auslaufen, in der Woche nach Mariä Verkündigung.

Den ganzen Winter nähten meine Mutter und Anna Kleider, die ich mitnehmen sollte. Alles sollte neu sein, hatte Mutter bestimmt, nichts von Johanns alten Sachen sollte umgearbeitet werden. Sie hatte Vater erzählen hören, dass Arendt Kock und seine Söhne wie Herrschaften gekleidet gingen, und wollte nicht, dass ich wie ein Bauerntölpel aussah.

Die Arbeitskleider, Jacke, Hosen und einen kurzen Mantel mit Kapuze, nähte sie aus Fries. Der gewalkte Stoff war so steif, dass die Kleidungsstücke fast von allein stehen konnten. Außerdem bekam ich eine Tunika und Hosen aus dünnerem Wollstoff, den meine Mutter mit Flechten rostbraun gefärbt hatte. Beim Schuhmacher des Dorfes bestellte Vater ein Paar kurze Stiefel mit kräftigen Holzsohlen. Sie sollten mich in dem nördlichen Land wärmen.

Aus ungebleichter Leinwand nähte Mutter einen Reisesack, Laken, Unterwäsche und ein Hemd, das ich unter der Arbeitsjacke tragen konnte. Das zweite Hemd aus feinerem gebleichten Leinen durfte Anna nähen, denn Mutters Augen waren schlechter geworden, sie konnte nicht mehr so gut sehen im schwachen Licht des Feuers. Viele Winterabende saß Anna mit dem weißen Kleidungsstück im Schoß da und führte die Nadel durch den Stoff, auf und ab, auf und ab.

»Dieses Hemd wird wohl niemals fertig«, sagte ich eines Abends zu ihr.

»Es wird fertig, wenn es fertig sein muss«, antwortete Anna. »Ich wünschte, es müsste niemals fertig sein.«

Sie biss den Faden ab und fädelte einen neuen ein.

»Red keinen Unsinn«, sagte Mutter, die daneben saß und Laken säumte. »Aber es stimmt wohl, dass es unangemessen lange dauert mit dem Hemd. Darf ich es mal sehen?«

Mutter streckte eine Hand danach aus, aber Anna zog es weg und presste es gegen ihre Brust.

»Niemand darf es sehen, bevor es fertig ist«, sagte sie.

Da lächelte Mutter und ließ sie in Ruhe.

Der Winter war mir früher immer wie eine düstere Jahreszeit erschienen. Die kahlen Bäume mit ihren von Nässe tropfenden Ästen, der schwere Himmel, der sich auf die Erde niederzudrücken schien, die lehmigen Äcker mit Flecken von schmutzigem Schnee – alles bedrückte mich und ich sehnte mich nach dem Frühling.

Aber dieser Winter, wünschte ich, sollte niemals enden. Denn wenn die Lerche über den Feldern trillerte, wenn Sonne und Wärme wiederkehrten, war es Zeit für mich aufzubrechen. Weit oben im Norden, dachte ich, erwartet mich wohl ein ewiger Winter.

Die Zeit nimmt ihren Lauf und dagegen vermag der Mensch nichts auszurichten. Langsam wurden die Tage heller, die Bäume trieben Knospen und die Erde duftete nach Frühling. An Tagundnachtgleiche war es so weit.

Weder Vater noch Johann konnten der Arbeit in dieser Jahreszeit fernbleiben. Darum musste Mutter mich nach Lübeck begleiten. Anna musste zu Hause bleiben und den beiden Männern den Haushalt führen.

Am letzten Abend gingen Anna und ich allein vor das Dorf.

Die Sonne war gerade untergegangen und im Westen schimmerten noch ein paar rote und goldene das Hemd von Anna

Streifen. Wir sprachen nicht viel, aber als wir außer Sichtweite des Dorfes waren, griff Anna nach meiner Hand und drückte sie.

»Erinnerst du dich«, sagte sie, »ich habe versprochen, dass dein Hemd fertig ist, wenn es fertig sein muss?«

Ich nickte. Meine neuen Kleider waren schon in dem Leinwandsack verpackt. Aber Anna hatte gesagt, sie habe noch Garn, mit dem sie den Sack zunähen konnte, wenn sie später am Abend das Hemd hineingelegt hatte.

»Es ist fertig«, sagte Anna. »Möchtest du es sehen?«

Ich sah sie fragend an. Sie trug nichts bei sich. Ihre Hände waren leer, und sie hatte keinen Beutel und keine Tasche.

»Möchtest du?«

»Ja.«

Anna blieb stehen, öffnete ihre Jacke und zog sie aus. Darunter trug sie das Hemd. Es war ihr zu klein und straffte sich über ihren runden Brüsten.

»Du trägst es?«, fragte ich dumm.

Sie lächelte.

»Ich will, dass meine Wärme dich begleitet«, sagte sie. »Meine Wärme und mein Duft. Damit du an mich denkst, wenn du es trägst.«

Es war ein hübsches Hemd, das schönste Kleidungsstück, das ich je besessen hatte. Am Kragen hatte Anna einige Fäden herauszogen und einen Hohlsaum genäht. Und in der Mitte vorn, unter der Halsöffnung, hatte sie zwei Blumenkränze gestickt, die sich ineinander verflochten.

»Anna«, sagte ich, »liebste Schwester.«

Da zog sie sich das Hemd über den Kopf und stand

im Unterhemd da. Ich sah ihre Arme und Brüste weiß im blauen Dämmerlicht schimmern. Sie war so schön, dass es wehtat.

»Anna«, sagte ich wieder.

Ich fand keine anderen Worte.

Anna legte die Arme um meinen Hals und drückte mich an sich.

»Mathias«, flüsterte sie, »mein Mathias. Lass dir von niemandem wehtun. Komm zurück zu mir, Mathias.«

Das Blut rauschte in meinem Kopf und dann hinunter in den Körper. Es hämmerte und schmerzte. Ich musste mich aus ihrer Umarmung befreien.

»Wenn ich zurückkomme, bist du verheiratet«, sagte ich. »Was gilt dir dann ein Bruder, der fünfzehn Jahre fort war?«

Ihre Augen waren ernst. Ich musste einen Scherz machen.

»Dick bist dann sicher auch geworden«, sagte ich, »eine fette Matrone, der fünf, sechs Gören am Rockzipfel hängen.«

Da lachte Anna und zupfte in meinen Haaren. Ich wich ihr aus und lief davon; sie jagte hinter mir her und holte mich ein. Wir rangen, wie wir als Kinder gekämpft hatten, und Anna war immer noch die Stärkere. Als wir nach Hause kamen, wurden wir von Mutter gescholten, weil wir unsere Kleider beschmutzt hatten.

Mutter und ich erreichten Lübeck zwei Tage vor der Abreise. Nie hätte ich geglaubt, dass die Stadt so groß war! Das Menschengewimmel auf den Straßen, die lauten Rufe der Händler, die ihre Waren anboten, das Klappern von Holzsohlen – all die ungewohnten Laute und Bewegungen ließen mich schwindlig werden. Mal musste ich den Kopf in den Nacken legen, um die hohen Steinhäuser mit zwei oder drei Stockwerken anzuschauen, mal musste ich den Blick senken, um weder in Schmutz zu treten noch über die ausgestreckten Beine eines lahmen Bettlers zu stolpern.

Mit Hilfe von Vaters Beschreibung und nachdem wir mehrere Passanten nach dem Weg gefragt hatten, fanden wir schließlich Arendt Kocks Haus. Es war nicht eins der allergrößten, aber mehrere Male größer als unser Haus daheim im Dorf.

Wir wurden freundlich aufgenommen und zum Abendessen mit dem Kaufmann und seiner Familie eingeladen. Da Fastenzeit war, wurde Fisch serviert – kein Stockfisch aus Bergen, bemerkte unser Gastgeber, sondern frischer, fetter Lachs, mit Kräutern gewürzt. So etwas Gutes hatte ich noch nie gegessen.

Arendt Kock war ein rundlicher Mann mit kleinen Pfefferkornaugen, die tief im Fleisch eingebettet waren. Genau wie Vater uns erzählt hatte, war er gekleidet wie ein Herr, das blaue Tuch war mit Pelz besetzt. Noch prunkvoller waren seine beiden Söhne, der eine etwas älter als ich, der andere etwa zwanzig. Sie trugen kurze zweifarbige Samtjacken mit ausgestopften Schultern und eng anliegende Hosen, die ihre Männlichkeit deutlich herausstellten. Die weiten Jackenärmel waren mit Pelzwerk ausstaffiert, und die Schuhe hatten an den Spitzen lange Schnäbel.

Ich merkte an ihren Blicken, dass sie Mutter und mich für simpel gekleidet hielten, obwohl ich die besten meiner neuen Kleidungsstücke angezogen hatte.

Aber ich schämte mich nicht. Niemand von ihnen besaß ein Hemd, wie ich es unter meiner Tunika trug.

Arendt Kocks Frau war tot und seine einzige Tochter schon verheiratet, so dass Mutter die einzige Frau am Tisch war. Ich sah, wie schwer es ihr fiel, stillzusitzen und sich von der Magd bedienen zu lassen, die das Essen auftrug.

Unser Gastgeber sprach lang und breit davon, was für einen Nutzen ich von der Lehrzeit in Bergen haben würde. Nach sechs Jahren würde ich Geselle werden können, und wenn ich tüchtig war, konnte ich zum Verwalter aufrücken und schließlich als Kaufmann nach Lübeck zurückkehren, genau wie er selbst es getan hatte.

Als der Kaufmann sich endlich Mutter zuwandte, nahm ich mir die Freiheit, die Söhne zu fragen, ob sie auch nach Bergen fahren würden, um ihr Glück zu machen. Zu meiner Überraschung war brüllendes Gelächter die Antwort. Nein, presste der Ältere hervor, nein, sie würden nicht nach Bergen fahren. Er arbeitete schon im Handelshaus seines Vaters und würde bald die Tochter eines der Ratsherren der Stadt heiraten. Sein jüngerer Bruder hatte Neigung zu studieren und würde sich im Herbst zur Universität nach Leipzig begeben.

Ich kann nicht verneinen, dass mein Herz sich bei diesen Worten mit Neid füllte. Ich wandte mich an den jüngeren Bruder und fragte, was er studieren werde. Er antwortete, als Ergänzung zu Grammatik, Rhetorik und Logik, womit er sich schon lange beschäftigt hatte, würde er jetzt Arithmetik, Geometrie, Astronomie und Musik studieren. Wenn er das Studium der sieben freien Künste abgeschlossen hatte, wollte er sich mit Jura beschäftigen.

Ich betrachtete den wohlgenährten und elegant gekleideten jungen Mann. Seine langen schmalen Hände waren weiß wie die Hände einer Dame und wiesen keine Spuren von Arbeit auf. Solche Hände musste man wohl haben, um Bücher halten zu können. Keine breiten, schwieligen Bauernpranken wie meine.

Mutter und ich schliefen in dieser Nacht in einer eigenen Kammer. So war das üblich in der Stadt, jedenfalls bei den vornehmeren Leuten, sagte die Magd, die uns die Kammer zeigte.

Am nächsten Morgen musste Mutter wieder aufbrechen. Das Pferd, das wir dabeigehabt hatten, wurde zu Hause bei der Frühlingsarbeit gebraucht. Mutter küsste mich, machte das Kreuzzeichen auf meiner Stirn und bat die Heilige Jungfrau, mich zu segnen. Dann verschwand sie im Menschengewimmel. Hier in der Stadt konnte man nicht stehen bleiben und jemandem nachsehen, der sich entfernte, und man konnte auch niemandem entgegensehen, der sich aus der Ferne näherte.

Arendt Kock zeigte mir sein Kontor und nahm mich mit zum Magazin im Hafen. Dort herrschte ein ohrenbetäubender Lärm. Die Holke, die am nächsten Tag nach Bergen absegeln sollten, lagen am Kai und wurden gerade beladen. Sie waren größer, als ich mir je vorgestellt hätte. Die Masten streckten sich in den Himmel und wurden von einem runden Korb gekrönt. Das war der Ausguck für die Mannschaft, wurde mir erklärt. Mich schauderte bei dem Gedanken, ich müsste dort hinaufklettern.

Die Schiffe waren gleichzeitig schön und schrecklich. Bald würde ich mich an Bord von einem von ihnen befinden, draußen auf dem offenen Meer.

Arendt Kock zeigte mir, mit welchem Schiff ich fahren würde, und ließ mich den Schiffer begrüßen. Es beruhigte mich, dass es ein freundlicher Mann mit festem Händedruck war. Danach hatte er keine Zeit mehr für mich. Er sagte, ich solle zurück zum Haus gehen oder mich in der Stadt umsehen, was ich am liebsten wollte.

Es lockte mich nicht, allein in der großen Stadt herumzuwandern, aber ich wollte gern die Marienkirche sehen, in der meine Mutter gebetet und mir das Leben gerettet hatte. Ich fand die riesige Kirche schnell, die in der Nähe des Marktplatzes lag. Aber als ich zu Arendt Kocks Haus zurückkehren wollte, verirrte ich mich in engen Gassen, in denen Gestank und Schmutz unerträglich waren.

Das Mittagessen nahm ich zusammen mit der Dienerschaft ein und verbrachte den Nachmittag mit Nichtstun und in Gedanken. Auch zu Abend aß ich mit den Dienern, da mich niemand an den Tisch der Herrschaften einlud. Das Mädchen vom letzten Abend kam und wies mir ein Bett in der Knechtekammer an. Meine Gastgeber hätten neue Gäste bekommen, sagte sie, deshalb war die Kammer, in der meine Mutter und ich genächtigt hatten, besetzt.

In der Nacht schlief ich nicht viel, meine letzte Nacht auf deutscher Erde. Meine letzte Nacht für wie lange? Oder die letzte in meinem Leben? Ich will nicht verhehlen, dass ich daran zweifelte, dass Gott mich jemals zu den Meinen zurückführen würde.

Anna, oh Anna, meine liebste Freundin!

Die Reise

Siebenmal sieben Tage währte die Seereise nach Norden. Woche für Woche auf See, manchmal in Sichtweite einer Küstenlinie, manchmal umgeben von der leeren Einsamkeit des Meeres. Unser Schiff segelte an den dänischen Inseln vorbei, durchquerte den engen Sund, der die Ostsee mit dem Westmeer verbindet, und segelte weiter nordwärts entlang der Küste. Wir umrundeten Dänemarks Nordspitze und befanden uns auf offenem Meer. Mein Herz schnürte sich zusammen, als ich Morgen für Morgen an Deck kam, ohne auch nur eine Andeutung von Land zu entdecken. Schließlich tauchte die norwegische Küste auf und wir segelten an ihr entlang unserem Ziel entgegen.

Sieben Schiffe fuhren hintereinander her. Es war üblich, dass die Holken aus Lübeck die lange Reise gemeinsam unternahmen. Zeitweise verloren wir die anderen Schiffe aus dem Blickfeld, aber dann tauchten die roten Barken und breit gestreiften Segel wieder hinter einer Landzunge auf. Manchmal wettete die Besatzung darum, welches der Schiffe einen bestimmten Punkt zuerst erreichen würde. Sie hatten die Reise schon viele Male gemacht und kannten jedes Inselchen.

Außer dem Schiffer und seiner Besatzung waren wir noch sechs: vier Jungen, die Lehrlinge in Bergen werden sollten, und ein Kaufmann mit seinem Diener. Die anderen Jungen waren ungefähr in meinem Alter, der jüngste nur dreizehn Winter, der älteste fünfzehn. Er war Bauernsohn genau wie ich, und einer war Sohn eines Böttchers aus Lübeck.

Der dritte war anders. Sein Vater war Bürgermeister in einer kleinen Stadt in Pommern. Er war fein gekleidet und hatte genau solche schmalen, weißen Hände wie mein Verwandter in Lübeck. Anfangs hielt er sich abseits und sprach nicht viel mit uns anderen. Aber schließlich hielt er die Einsamkeit wohl nicht mehr aus und suchte unsere Gesellschaft.

Philip, so hieß er, erzählte uns, dass er einziger Sohn seines Vaters sei und in dessen Fußspuren folgen sollte. Aber er war in schlechte Gesellschaft geraten, hatte mehr getrunken, als er vertragen konnte, war mit dem Gesetz in Konflikt geraten und hatte einen Großteil des Geldes seines Vaters verschleudert. Er hatte seinen Vater sogar bestohlen.

Davon erzählte Philip ohne Anzeichen von Reue, eher mit einem trotzigen Stolz. Und als er am Schluss seiner Geschichte anlangte und uns erzählte, wie sein Vater beschloss, ihn zur Strafe für seinen Ungehorsam und damit er sich besserte, nach Bergen zu schicken, zeigte er keine Demut, sondern sagte: »Ich hasse ihn. Ich werde reicher zurückkehren, als er je war, und werde ihn um jede Münze prellen, die er besitzt.«

Für mich war es schwer zu verstehen, dass ein Sohn so gegen seinen Vater handeln konnte, wie Philip es getan hatte. »Du sollst Vater und Mutter ehren …«, so heißt es in der Heiligen Schrift, und so hatte ich es gelernt. Kinder mussten ihren Eltern gehorchen, Diener ihren Bauersleuten, einfache Bauern wie wir den vornehmen Herren, deren Boden wir nutzten. Indem wir uns nach denen richten, die über uns stehen in der weltlichen Macht, zeigt der Mensch Gott seinen Gehorsam.

Philips Halsstarrigkeit erschreckte mich, weckte jedoch auch dunkle Gedanken in mir. Wenn ich mich nun einmal meinem Vater widersetzt hätte, als er aus Lübeck heimkehrte? Wenn ich ihm gesagt hätte, dass mein einziger Wunsch im Leben ist, Pfarrer werden zu dürfen? Dass ich ihm niemals zur Last liegen würde, sondern mich durchschlagen würde wie andere arme Studenten? Hätte er es dann erlaubt?

Aber jetzt befand ich mich an Bord eines Schiffes, das unerbittlich vorwärts stampfte auf dem Weg in eine Zukunft, aus der es kein Entrinnen gab.

Ich hatte mich vor Seeräubern und Stürmen gefürchtet, doch stattdessen war es die Ereignislosigkeit, die mich auf unserer Reise am meisten quälte. Die Ernährung an Bord war eintönig – Grütze und Fisch. Wir bekamen reichlich Gelegenheit, den Stockfisch aus Bergen kennen zu lernen, der, obwohl eingeweicht und gekocht, ziemlich zäh und fasrig war.

Es war auch eine sonderbare Vorstellung, dass zu Hause jetzt Frühling war. Die Saat spross hellgrün auf unseren Äckern, die Bäche murmelten und die Lerche sang. Stand Anna auch in diesem Frühling an der Hausecke und schaute über die Felder? Dachte sie an mich?

Auf See merkte man nicht viel vom Frühling, außer dass die Sonne mit jedem Tag, der verging, höher am Himmel stand. Wenn wir unter Land segelten, konnten wir hier und da einen hellgrünen Schimmer ahnen. Aber meistens war die norwegische Küste grau und karg mit hohen Bergen und Fjorden, die tief ins Land hineinschnitten.

Das Nichtstun und die Ungewissheit nagten an mir und schließlich sehnte ich mich danach, am Ziel anzukommen, gleich, was mich dort erwartete. Ich glaube, dass die anderen Jungen es ähnlich empfanden. Jedenfalls jubelten wir, als ein Mann der Besatzung auf einen kahlen Berg zeigte, der sich über Hügel und Wäldchen erhob. Der Mann sagte: »Dort liegt Sigge. Das ist die Einfahrt nach Bergen.«

Es gab noch zwei andere Erhebungen, erklärte er uns, zwei Berggipfel in der Nähe der Stadt. Wenn wir sie sahen, waren wir fast da.

Jetzt segelten wir durch einen breiten Fjord und danach durch einen Sund. Der Berg Sigge verschwand hinter uns. Eine Stunde später rief der Seemann uns Jungen zu, die eifrig vorausspähten: »Dort sind die beiden, Oeldrich und Ludderhorn.«

Vor uns sahen wir eine ganze Bergkette. Zwei Gipfel erhoben sich über die anderen. Schwere graue Wolken hüllten sie in Dunst ein.

In den letzten Tagen hatten wir klares Wetter gehabt, aber als wir uns Bergen näherten, verdunkelte sich der Himmel, und bald fiel dichter Regen. Wir Jungen blieben trotzdem an Deck stehen, neugierig darauf, die Stadt zu erblicken.

Die letzte Strecke dauerte unendlich lange. Der Wind wurde böig, und auch der schmale Sund, der in die Stadt hineinführte, war ungünstig für uns. Es war Abend geworden, ehe unser Schiff, das erste der sieben Schiffe aus Lübeck, nach Vågen hineinsegelte, den tiefen Einschnitt, an dessen Ufern die Norweger ihre Kaufmannstadt Bergen errichtet hatten.

Wir ankerten auf Reede und verbrachten eine letzte Nacht an Bord. Bevor wir in unsere Kojen krochen, standen die anderen Jungen und ich eine Weile an Deck und sahen zum Land hinüber. Die Dämmerung senkte sich rasch, aber im Halbdunkel konnten wir dennoch einen Kai mit herausragenden Anlegern erkennen, niedrige Schuppen und einige Holzgestelle, die unangenehm an Galgen erinnerten.

Entlang des Kais erhob sich eine lange Reihe von hohen Hausgiebeln, dicht nebeneinander. Auf der stillen Wasseroberfläche schaukelte ihr Spiegelbild, das von Zeit zu Zeit im Rhythmus der Schiffe wogte, die in der Bucht vertäut lagen und ihre Masten wie einen durchsichtigen Wald in den Himmel reckten.

Der Kai und die Gebäude streckten sich am einen Ufer der langen, schmalen Bucht hin. Bis in den innersten Teil lagen ähnliche Gebäude, einige auch am gegenüberliegenden Ufer. Dort war die Bebauung jedoch nicht so dicht und die Häuser schienen kleiner zu sein.

Hinter dem Kai zum Meer hin lagen eine Burg, eine große Kirche und mehrere kleinere Gebäude. Viele Kirchtürme ragten auch hinter den Häusern entlang des Kais und tiefer in der Bucht auf. Hinter ihnen, in einem Halbkreis, der die Stadt umschloss, erhoben sich die Berge, die wir schon bei der Einfahrt gesehen hatten. Mit ihren Gipfeln schienen sie die Wolken zu berühren.

Die Dunkelheit senkte sich und der Regen fiel. Wir verließen unsere Plätze an der Reling und legten uns in unsere Kojen. Das schwache Schaukeln des Schiffes wiegte uns in den Schlaf.

Am nächsten Morgen wurde ich in aller Herrgottsfrühe von Lärm geweckt. Gert, der andere Bauernsohn, mit dem ich während der Seereise die Koje geteilt hatte, war schon auf und zog sich an.

»Komm«, sagte er eifrig. »Jetzt dürfen wir bald an Land.«

Wir gingen an Deck, wo uns ein Mann der Besatzung sofort befahl, uns fern zu halten und nicht im Weg herumzustehen. Mehrere Fremde waren an Bord gekommen und entluden zusammen mit der Besatzung das Schiff. Säcke und Tonnen wurden aus dem Laderaum gehievt und in kleine Boote hinuntergelassen, die längsseits des Schiffes festgemacht hatten.

Wenn ein Boot voll war, wurde es an Land gerudert, und jetzt erkannten wir den Sinn der »Galgen«. Vom einen Ende der Querstrebe hing ein Seil mit einem Haken daran. Dieser wurde an einem Sack befestigt, und dann wurde das andere Ende der Stange wie bei einer Wippe von einigen Männern heruntergezogen. Die Stange schwang herum und wurde dann so lange gesenkt, bis der Sack Land berührte.

Gert und mir blieb der Mund offen stehen vor Staunen über alles, was wir sahen. So viele Menschen, die arbeiteten, diese Geschwindigkeit, Leben und Bewegung überall!

Alle, die das Schiff entluden, waren sehr junge Männer. Untereinander sprachen sie Deutsch. Ich schloss daraus, dass sie Lehrlinge der deutschen Kolonie waren. Bald würde ich einer von ihnen sein. An diesem Morgen erschien mir diese Zukunft gar nicht so übel.

Niemand nahm Notiz von Gert und mir. Wir aßen eine Schüssel mit kalter Grütze und ein paar trockene

Zwiebäcke gegen den Hunger und warteten. Erst zur Mittagszeit bekamen wir Bescheid, dass wir an Land gebracht werden sollten.

Mir wurde schwindlig, als ich die Strickleiter an der Schiffsseite zu einem der kleinen Boote hinunterkletterte. Aber ich kam zusammen mit meinen drei Reisekameraden glücklich in dem Boot an. Der Kaufmann und sein Diener waren schon am Morgen an Land gebracht worden. Zwei junge Männer ruderten das Boot die kurze Strecke zum Kai. Dort durften wir aussteigen und hatten zum ersten Mal seit sieben Wochen festen Boden unter den Füßen.

Der Lärm auf dem Kai hatte sich gelegt. Wir sahen Gruppen von jungen Männern zu den Häusern gehen, vermutlich wollten sie dort Mittag essen.

Wir wurden in einen Gang zwischen zwei langen Häusern geführt. Der Gang war eng und dunkel und glich einem Schacht. Ein scharfer Geruch nach Fisch und Teer stach mir in die Nase. Zu beiden Seiten türmten sich die Häuser auf. Sie waren aus schwarzen Balken gebaut, und es wimmelte von Treppen, Gässchen und Winkeln, die das Auge verwirrten. Ich und meine drei Reisekameraden stolperten hinter unseren Anführern her, die uns zu einem Gebäude am äußersten Ende der Häuserreihe führten. Hier sahen wir durch ein offenes Tor am Ende des Ganges eine Straße, die zu beiden Seiten von Läden und Ständen gesäumt war.

Wir stiegen eine Treppe an der Außenwand eines Hauses hinauf und gelangten in einen Saal mit Bankreihen, die an den Wänden befestigt waren, und Tischen. Die beiden, die uns vom Schiff abgeholt hatten, forderten uns auf, uns zu setzen. Unsere Reisesäcke mussten wir an der Tür abstellen. Ein Junge, der uns erwartet hatte, brachte uns schwaches Bier und etwas zu essen.

Wir ließen es uns schmecken. Als die Mahlzeit beendet war, hieß es, wir sollten warten. Am Ende des Arbeitstages würden alle Leute des Hauses, Hausherren, Gesellen und Lehrlinge sich versammeln, um uns Neuankömmlinge willkommen zu heißen.

Noch einen langen Nachmittag verbrachten wir mit Nichtstun. Wir unterhielten uns ein wenig, aber was wir im tiefsten Innern von all diesem Neuen dachten, das, glaube ich, hat niemand von uns verraten. Bei allem, was geschah, verbarg ich meine Angst.

Bis in die Dämmerung mussten wir warten. Das Essen war reichlich gewesen, ich empfand also keinen Hunger, aber das salzige Fleisch hatte einen starken Durst hervorgerufen.

Schließlich kamen einige Jungen, die um die fünfzehn Jahre alt sein mochten. Sie holten Kerzen und Halter aus einer langen aufklappbaren Bank und sorgten dafür, dass sich der Raum im Handumdrehen mit einem warmen Lichtschimmer füllte. Ich fragte einen der Jungen, was jetzt geschehen würde, und bekam zur Antwort, dass wir eingetragen und erfahren würden, wo wir in den nächsten sechs Jahren arbeiten sollten.

»Aber«, fügte der Junge hinzu, »zuerst erwartet euch eine lustige Woche.«

Seine Worte erfüllten uns vier mit Neugier, aber was wir auch versuchten, der Junge weigerte sich, mehr zu verraten. Er grinste nur und blinzelte seinem Kameraden zu.

Jetzt kamen immer mehr Jungen und junge Männer an, zusammen etwa sechzig oder siebzig. Sie ließen sich in Gruppen an den Tischen nieder, offenbar hatte jeder seinen bestimmten Platz. Wir Neuankömmlinge mussten uns in der Mitte des Raumes aufstellen, entlang der Bänke, in denen die Kerzenhalter verwahrt wurden.

Die Hausherren kamen in einer Gruppe. Es waren elf an der Zahl, und sie setzten sich zusammen an einen Tisch, der fast in der Mitte des Raumes stand. Ein großes Bierfass wurde herangerollt, und allen wurde Bier eingeschenkt, den Hausherren zuerst und danach den Knechten und Gesellen an den anderen Tischen. Nur wir vier Neuankömmlinge bekamen nichts. Der Durste brannte in meinem Hals.

Während ich neben Gert am äußersten Rand der Reihe stand, fragte ich mich, welcher der elf Männer mein Herr in den nächsten sechs Jahren werden würde. Ich wusste, dass ich keine Wahl hatte und dass ich den Dienst nicht verlassen konnte, wenn er mir auch noch so schwer würde. Heimlich betrachtete ich die Männer, die um den Tisch in der Mitte saßen, und versuchte in ihren Gesichtern zu lesen. Einer hatte einen grausamen Zug um den Mund, ein anderer sah uns Jungen mürrisch an.

Alle Herren waren noch ziemlich jung. Bestimmt war keiner von ihnen so alt wie mein Vater. Ich erinnerte mich daran, was Arendt Kock erzählt hatte: dass niemand freiwillig in Bergen blieb. Sobald man genügend Geld gespart hatte, fuhr man zurück in die deutschen Städte.

Mein Herz füllte sich mit Verzweiflung. Sechs Jahre als Lehrling, dann vier oder fünf Jahre als Geselle, ehe man darauf hoffen konnte, bestenfalls Verwalter oder Hausherr zu werden, schließlich mindestens fünf Jahre, um das Geld zu verdienen, das nötig war, um nach Hause zurückkehren zu können. Alles in allem eine längere Zeit als alle meine Lebensjahre zusammen bis zu diesem Zeitpunkt.

Obgleich ich all das schon seit dem letzten Herbst wusste, traf mich die Erkenntnis jetzt mit vernichtender Kraft. Hier stand ich zur allgemeinen Beschau wie ein Stück Vieh auf dem Markt und würde bald erfahren, wem mein Leben die nächsten sechs langen Jahre gehören würde. Ob ich einen milden oder einen harten Herrn bekommen würde, einen gerechten oder einen launischen – alles lag in Gottes Hand. Ich schloss die Augen und betete stumm. Ein Schlag in meinen Nacken riss mich aus meinen Gedanken.

»Träum nicht!«, brüllte eine grobe Stimme an meinem Ohr. »Hast du nicht gehört, was ich gesagt habe?«

Ich drehte den Kopf und sah in ein viereckiges Gesicht, das mit Pusteln und Narben bedeckt war. Das Gesicht gehörte einem Jüngling, der zwanzig Winter alt sein mochte. In der Hand hielt er einen Stab. Es musste der Stab sein, der eben meinen Nacken getroffen hatte.

»Leg die Hände auf die Bank!«, brüllte er.

Ich sah, dass meine drei Reisegefährten ihre Hände auf die Bank vor uns gelegt hatten, und beeilte mich, es ihnen nachzutun. Offenbar ging es nicht schnell genug, denn ich bekam noch einen Schlag über die Finger.

Die Hausherren hatten sich erhoben und sich uns zugewandt. In der Mitte stand ein stattlicher Herr, der der Vornehmste unter ihnen zu sein schien. Neben ihm war ein magerer Mann mit scharfem Blick sitzen geblieben. Er hatte ein großes Buch und Schreibwerkzeug vor sich.

Der stattliche Herr ergriff das Wort.

»Ich heiße die neuen Jungen in Bergen willkommen«, sagte er. »Ich bin Hermann Fuchs, euer Hofherr. Jetzt werdet ihr für die Zeit von sechs Jahren eingetragen. Danach steht es euch frei, euch einen Dienst zu suchen, wo es euch beliebt. Nenn mir deinen Namen!«

Er zeigte auf mich.

»Mathias«, stammelte ich.

»Woher kommst du?«

Ich nannte den Namen meines Heimatdorfes.

»Was ist dein Vater?«

»Bauer.«

»Gut«, sagte der Stattliche.

Ich meinte ein Lächeln in seinen Augen zu entdecken und wünschte, er möge mein Hausherr werden. Aber während der Beisitzer meinen Namen in das große Buch eintrug, sah ich, wie sich der Hofherr vorbeugte und dem Mann mit dem mürrischen Aussehen etwas zuflüsterte. Dieser nickte und ich begriff, dass mein Schicksal besiegelt war.

Die anderen Jungen nannten ihre Namen und Heimatorte. Weder Gert noch der Böttchersohn aus Lübeck erregten Aufmerksamkeit. Aber als Philip an der Reihe war, entstand ein Gemurmel im Saal und der Hofherr fragte: »Warum hat dich dein Vater hierher geschickt?«

Philip wand sich wie ein Wurm vor den Augen des Herrn. Der Trotz, mit dem er uns seine Geschichte erzählt hatte, war wie fortgeblasen.

»Ich war ein ungehorsamer Sohn«, antwortete er schließlich mit leiser Stimme. »Mein Vater wünscht, dass ich besseres Benehmen bei euch lerne.«

»Das wünsche ich auch«, sagte der Hofherr. »Du musst wissen, bei uns wird kein Unterschied zwischen besseren und niederen Leuten gemacht. Hier entscheidet die Tüchtigkeit. Erwarte keine andere Behandlung als die deiner Kameraden.«

Er machte einige Schritte auf uns zu, blieb auf der anderen Seite der Bank stehen und betrachtete Philips Hände.

»In sechs Jahren«, sagte er, »werden deine Hände anders aussehen, so wie die Hände der anderen Jungen. Du wirst deinen Vater nicht wieder enttäuschen.«

Philip schlug die Augen nieder.

»Nein«, murmelte er.

Ich sah mich um und begegnete lauter schadenfrohen Blicken. In diesem Augenblick tat Philip mir tatsächlich ein wenig Leid.

Wir blieben bei der Bank stehen, während die Hausherren einen kurzen Moment beratschlagten. Dann teilte der Hofherr ihren Beschluss mit. Wie ich befürchtet hatte, teilte das Los mich dem Mann mit dem unzufriedenen Ausdruck zu. Seine Augen glitten forschend über mein Gesicht, als er mich willkommen hieß und seinen Namen nannte, Hinrich Martens.

Jetzt wurde uns unser Tisch zugewiesen, und endlich bekamen wir einen Becher Bier, mit dem wir unseren Durst löschen konnten. Die Knechte und Gesellen vom selben Handelshaus saßen immer beieinander in der Gemeinschaftshalle, erfuhren wir. Dort hatten die Hausherren einen gemeinsamen Tisch, an dem sie von den Burschen bedient wurden.

Nicht genug damit, dass ich einen Hausherrn bekommen hatte, dessen Gesicht mir Unbehagen einflößte, es zeigte sich, dass der Picklige mit dem Stab zum selben Haus gehörte wie ich. Er hieß Jürgen und bekleidete das Amt des Oberhauptes über die Jungen auf dem ganzen Hof. Das bedeutete, dass er die Aufsicht über uns hatte, wenn wir uns in der Gemeinschaftshalle befanden. Dass sein Stab nicht nur zum Schein da war, hatte ich ja schon zu spüren bekommen.

Der Geselle in meinem Haus, Klaus, nahm mich dagegen wohlwollend in Empfang. Während ich ihn im Lauf des Abends beobachtete, gewann er meine Achtung. Er hielt einen gewissen Abstand zu uns Jungen, war aber dennoch freundlich zu allen.

Außer Jürgen und mir saßen noch zwei Lehrlinge am Tisch. Der eine hatte ein nichts sagendes Gesicht mit blassen Augen und weichem Mund. Er hieß Valentin und war einige Jahre älter als ich.

Der andere Junge war etwas jünger, vielleicht fünfzehn oder sechzehn Winter. Er lächelte mir freundlich zu, fuhr aber fort, sich mit Valentin zu unterhalten.

Der Junge hieß Simon.

Er erinnerte mich an meine Schwester Anna. Die gleichen klaren braunen Augen, das gleiche dicke dunkle Haar, seines war allerdings gelockt, Annas dagegen glatt. Ein offener Blick, rote Wangen, volle Lippen.

Ich mochte ihn vom ersten Augenblick an.

Simon

Alle brachen gleichzeitig auf. In gesammeltem Trupp gingen die Leute des Hofes durch den engen Gang. Jürgen und die anderen Jungen beleuchteten den Weg mit Laternen und Fackeln. Eine kleine Gruppe nach der anderen verschwand in Treppenaufgängen und Galerien.

Kurz bevor wir den Ausgang der Passage zum Kai erreichten, löschte Jürgen seine Fackel und ließ sie am Fuß einer Treppe liegen, die zu einer Galerie im ersten Stock führte. Hinter ihm ging Hinrich Martens, dann der Geselle Klaus und zum Schluss wir anderen.

Den halben Weg die Treppe hinauf leuchtete uns noch die Gruppe, die zur letzten Treppe vor der Öffnung zum Kai weiterging. Aber dann wurde auch ihre Fackel gelöscht und es wurde ganz dunkel.

Natürlich hatte ich zu Hause auf dem Hof Dunkelheit kennen gelernt. Die Dunkelheit langer Winterabende, die schwarzen Nächte der Kindheit, als ich näher an Anna heranrücken musste, um nicht von den Schatten verschluckt zu werden, die feuchte kalte Dunkelheit am frühen Morgen, wenn wir vor Sonnenaufgang aufstehen mussten, um die Arbeit des Tages zu bewältigen.

Aber noch nie hatte ich eine Dunkelheit wie diese kennen gelernt. In dem engen Schacht zwischen den Häusern gab der Himmel nicht die kleinste Andeutung von Licht. Wir befanden uns doch in der hellen

Jahreszeit! Wie wird es erst im Winter?, dachte ich, während ich die Treppe mit dem Sack auf dem Rücken hinaufstolperte und mich auf der Galerie entlangtastete.

Simon ging hinter mir.

»Du gewöhnst dich«, sagte er, als ob er meine Gedanken gelesen hätte. »Du lernst die Stufen zu zählen, ohne überhaupt zu denken.«

»Aber wieso?«, musste ich fragen. »Warum leuchtet Jürgen uns nicht bis zum Ende?«

»Kein Feuer in den Häusern«, sagte Simon. »Das ist die erste Regel, die du lernen musst. Niemals Feuer in den Häusern.«

Kein Feuer in den Häusern! Kein Licht am Abend, keine Wärme! Niemals das Licht der Flammen auf den Gesichtern der Menschen, niemals das behagliche Gefühl, das sich in den durchgefrorenen Gelenken verbreitet, wenn man an einer Feuerstelle sitzt.

»Nur in der Gemeinschaftshalle und dem Feuerhaus«, sagte Simon. »Im Winter sind wir abends immer in der Gemeinschaftshalle. Man gewöhnt sich.«

Während er sprach, zog er mich eine weitere Treppe hinauf, jetzt im Innern des Hauses. Meine Augen begannen sich an die Dunkelheit zu gewöhnen, und ich ahnte einen helleren Fleck, der ein Loch in der Außenwand sein musste. Irgendwo knurrte leise ein Hund.

Ich folgte Simon in eine Kammer und spürte mehr, dass Jürgen, Valentin und Klaus sich auch dort befanden, als dass ich sie sah. Die beiden älteren Lehrlinge waren dabei, sich zu entkleiden. Klaus stand ruhig abwartend an der Tür.

»Zieh dich aus«, sagte Simon. »Du und ich, wir teilen ein Bett.«

Ich stellte meinen Sack ab und zog mich aus.

»Da unten«, sagte Simons Stimme neben mir. »Jürgen und Valentin schlafen oben.«

Ich tastete mich vorwärts und fand eine Öffnung in der Wand. Drinnen ertastete ich ein Lager aus Stroh, bedeckt mit einem groben Laken.

»Hier, ja«, sagte Simon. »Kriech du zuerst hinein.

Ich kroch durch die Öffnung und legte mich zurecht. Während ich eine raue Decke über mich zog, hörte ich, wie Jürgen und Valentin an mir vorbei in das obere Bett kletterten. Schließlich kam Simon und legte sich neben mich.

»Liegen jetzt alle an ihrem Platz?«, hörte ich Klaus fragen.

»Ja«, antworteten wir alle vier.

Im nächsten Augenblick wurde die Öffnung mit einer Klappe in der Wand verschlossen. Die Dunkelheit, die eben noch einen Grauschimmer gehabt hatte, wurde kohlrabenschwarz.

»Sperrt er uns ein?«, flüsterte ich Simon zu.

»Das machen sie, damit wir nicht verführt werden zu fliehen. Aber selbst wenn es uns gelänge, die Klappe zu öffnen, würden wir doch nicht an den Hunden auf der Galerie vorbeikommen.«

»Und wenn es brennt?«

»Wegen der Brandgefahr darf man kein Feuer mit in die Häuser nehmen.«

»Aber wenn es doch mal brennt?«

»Mach dir keine Sorgen«, sagte Simon. »Es ist ein Mannesalter her, seit es hier zuletzt gebrannt hat. Und die Klappen tragen wenigstens dazu bei, dass man nachts weniger friert. Zwei Jungen auf so kleinem Raum, da halten wir einander warm.«

»Wer hat bei dir geschlafen, bevor ich gekommen bin?«, fragte ich.

»Valentin.«

Ich dachte daran, wie Simon und Valentin sich am Tisch in der Gemeinschaftshalle unterhalten hatten. Vielleicht waren sie beste Freunde.

»Wenn du das Bett lieber mit ihm teilen willst«, sagte ich, »dann kann ich bei Jürgen schlafen.«

Simon lachte.

»Oh nein«, sagte er. »Valentin schläft bestimmt gern dort oben. Das Oberbett ist wärmer.«

Er senkte die Stimme.

»Und ich«, sagte er, »ich bin froh, dass ich diese nächtliche Gesellschaft los bin.«

Er verstummte jäh, als ob er etwas gesagt hätte, das er nicht hätte sagen dürfen. Ich fragte nicht, was er meinte, und dachte, ich würde es schon noch beizeiten erfahren.

»Jetzt wollen wir schlafen«, sagte Simon. »Morgen werden wir in aller Herrgottsfrühe geweckt.«

Er drehte sich auf die Seite, dann auf den Bauch und schließlich wieder auf die Seite. Sein Herumwühlen im Bett erinnerte mich noch einmal an meine Schwester Anna. So hatte sie es auch immer gemacht, als wir noch klein gewesen waren. Wenn sie eingeschlafen war, lag sie die ganze Nacht regungslos.

Ich lag auch in dieser Nacht lange wach, lauschte auf Simons gleichmäßige Atemzüge und fragte mich, ob er mein Freund werden könnte.

Mitten in der Nacht wurde ich mit heftigem Herzklopfen wach. Ich war nass von Schweiß. Die Luft in dem engen Raum schien aufgebraucht zu sein. Ich nahm den Geruch von meinem eigenen und Simons Körper wahr, aber auch den würgenden Gestank nach getrocknetem Fisch.

In Panik beugte ich mich über den ruhig schlafenden Simon und versuchte, die Bettklappe aufzustoßen. Aber wie Simon mir schon gesagt hatte, ließ sie sich nicht von innen öffnen. Alles, was ich erreichte, war, dass ich meinen Bettkameraden weckte.

»Atme ruhig!«, flüsterte er mir zu. »Du gewöhnst dich.«

Ich legte mich nieder und versuchte seinen Rat zu befolgen. Atemnot und Übelkeit brachten mich zum Stöhnen, obwohl ich das Jammern zurückhalten wollte.

Da legte Simon einen Arm um mich.

»Schlaf«, sagte er, »schlaf, Mathias. Hab keine Angst. Du gewöhnst dich.«

Ich weiß nicht, ob es seine Stimme war oder das weiche Gewicht seines Armes auf meiner Brust, aber eine milde Wärme verbreitete sich in meinem Körper und sorgte dafür, dass mir das Atmen leichter fiel. Ich schlief ein und schlief, bis Klaus die Bettklappe öffnete.

Der Arbeitstag begann in der Dämmerung. Wir kauten ein Stück Brot, während wir unsere Arbeitskleidung anzogen. Klaus befahl mir, Simon zu folgen. Er würde mir unsere Tätigkeiten zeigen.

Simon und ich, erfuhr ich, waren Hausknechte, während Jürgen und Valentin Schiffsknechte waren.

Sie waren mit Be- und Entladen oder mit der Bearbeitung der Waren beschäftigt, während wir Hausknechte Haus und Durchgang rein halten, den Gemüsegarten pflegen, kochen und die anderen bedienen sollten. Außerdem sollten wir mit Handreichungen helfen, wenn Klaus oder einer der älteren Jungen es verlangten.

Nachdem die anderen drei zur Arbeit gegangen waren, machten Simon und ich die Betten. Während ich unser Bett richtete und Simon das obere Bett, fragte ich ihn, warum man nicht eine Magd anstellte, um diese Frauenarbeiten zu verrichten. Simon antwortete mir, dass Frauen für die ganze deutsche Kolonie Hausverbot hatten. Diese Botschaft brachte neue Verwirrung für mich.

»Sind die Hausherren nicht verheiratet?«

Simon lachte. In der kurzen Zeit hatte ich schon gelernt, sein klingendes Lachen gern zu haben, und war froh, dass ich es hervorlocken konnte, wenn es auch durch mein Unwissen geschehen war.

»Hier darf niemand heiraten«, sagte Simon. »Weder Knecht, Geselle noch Hausherr. Wer das tut, verliert all seine Rechte unter den deutschen Männern.«

»Aber warum?«

»Denk nach«, sagte Simon. »Heiratet ein Deutscher eine norwegische Frau, dann bekommt er Verwandte und Freunde unter den Norwegern. Und das könnte ihn verführen, die Erfolgsgeheimnisse der deutschen Kaufleute zu verraten. Und sein Besitz könnte sich auf norwegische Erben verteilen. Darum ist es nicht nur verboten, zu heiraten, sondern auch, Kinder mit norwegischen Frauen zu zeugen. Wenngleich es doch manchmal geschieht. Meister Hinrich, unser Hausherr, hat ein Kind mit einer Norwegerin, die in Stranden wohnt, auf der anderen Seite der Bucht. Er hat ihr ein Haus gekauft und versorgt sie und das Hurenkind.«

Das war eine Menge, was ich auf einmal verdauen musste. Ich schwieg und dachte nach, während Simon eine Klappe in der Wand öffnete. Dahinter sah ich ein Bett mit feinen Leinenlaken.

»Wer schläft hier?«

»Meister Hinrich«, antwortete Simon. »Es ist sein Sommerschlafzimmer.«

Ich versuchte, über das Bett hinwegzuschauen, aber zu meiner Enttäuschung befand sich dahinter noch eine Klappe, die eine weitere Einsicht verhinderte.

»Möchtest du es sehen?«

Simon lächelte boshaft. Ich nickte. Er streckte die Hand nach der inneren Luke aus und zog einen Pflock heraus, der ein daumenbreites Loch freigab. Ich beugte mich über den Raum zwischen den Luken und drückte mein Auge gegen das Loch. Dahinter sah ich eine helle Kammer mit wenigen, aber hübsch gearbeiteten Möbeln. Auf dem Tisch nah am Fenster standen ein Schachspiel und ein silberner Becher. Die Wände waren mit Buntgewebtem bedeckt.

Nachdem ich mich satt gesehen hatte, steckte Simon das Pflöckchen wieder in das Loch, richtete das Bett und schloss die Klappe zur Knechtekammer. Darauf gingen wir in die nächste Kammer, in der Klaus seinen Schlafplatz hatte.

Klaus' Kammer war etwas größer als die, die wir Jungen teilten. Es war nicht nur Platz für das Bett, sondern auch für einen Schreibtisch mit Schreibwerkzeug und einer kleinen Kiste für sein Eigentum. An der Wand hing ein kurzes Schwert. Simon zeigte darauf.

»Alle Gesellen besitzen Waffen«, sagte er. »Sie wechseln einander nachts ab und bewachen das Haus vor Einbrechern und Feuer.«

Mein Blick wurde von einem anderen Gegenstand eingefangen, der an der Wand hing: ein kurzes Seil mit einem Knoten am Ende. In dem Knoten waren kleine Nägel so eingeschlagen, dass nur die Spitzen herausragten.

»Was ist das?«

»Das ist der Tampen«, sagte Simon.

»Wozu ist er da?«

»Zum Schlagen.«

»Wer wird damit geschlagen?«

Ich ahnte die Antwort schon.

»Wir.«

Das war zu viel. Der Schlafmangel, die Sorge, die Strenge, die sich um mich herum wie eine Mauer zu erheben schien – all das überwältigte mich und trieb mir die Tränen in die Augen. Jetzt wird Simon mich verachten, dachte ich. Genau wie Johann, mein Bruder. Ich bemühte ich, das Weinen zurückzuhalten, doch es gelang mir nicht.

Simon sah mich freundlich an.

»Weine nicht«, sagte er. »Klaus ist ein anständiger Geselle. Er schlägt nicht unnötig. Mich hat er noch nie geschlagen.«

Ich versuchte, die Tränen hinunterzuschlucken.

»Oder wein du ruhig, wenn dir danach ist«, sagte Simon. »Ich habe anfangs auch ziemlich viel geweint. Ich hatte so schreckliches Heimweh.«

Das war mir etwas Neues. Noch nie hatte ich einen Jungen oder einen Mann auf diese Weise sprechen hören. Vor lauter Staunen versiegten die Tränen.

»Wie lange bist du schon hier?«, fragte ich.

»Zwei Jahre. Ich war noch keine vierzehn, als ich kam. Jetzt werde ich sechzehn am Sankt-Johannes-Tag. Im nächsten Jahr bin ich an der Reihe, Schiffsknecht zu werden. Wie alt bist du?«

»Vierzehn Winter.«

»Du siehst jünger aus«, stellte Simon sachlich fest. »Bist du stark?«

»Nicht besonders«, antwortete ich, und bevor ich meine Zunge zügeln konnte, rutschte es mir heraus: »Meine Zwillingsschwester ist stärker.«

Simon lachte.

»Du bist seltsam. Weißt du, Mathias, ich glaube, wir werden Freunde!«

Ich antwortete nicht, aber mein Herz schwoll vor Stolz und Freude.

Wir erledigten weiter unsere Morgenarbeit, fegten die Schlafkammern und draußen die Galerie. Dann fegten wir die Treppe nach unten. Der Wachhund war jetzt in seiner Hundehütte auf der Galerie eingesperrt, aber er kläffte wütend, als wir vorbeigingen.

»Er kennt deinen Geruch und deine Schritte noch nicht«, sagte Simon. »Bald wird er sich an dich gewöhnen.«

Dann betraten wir einen Raum, den Simon das Außenhaus nannte. Beim Eintreten gab er mir ein Zeichen, still zu sein. Das Zimmer nebenan war Meister Hinrichs Kontor, erklärte er mir leise. Wir durften den Hausherrn nicht bei der Arbeit stören.

Simon wischte die Tische ab, einen größeren und einen kleineren, der nah bei der Tür stand. Im Zimmer war auch ein Schrank und darunter ein Bierfass. An der Wand war eine Waschschüssel angebracht. Darunter stand ein Eimer für das Schmutzwasser und daneben hing ein grobes sauberes Leinenhandtuch. Außerdem war eine große Axt an der Wand befestigt.

»Die Feueraxt«, sagte Simon. »Falls sich doch ein Unglück ereignen sollte.«

Als wir Brot und gesalzenen Hering aus dem Schrank genommen und auf die beiden Tische gestellt hatten – der große war für uns Jungen, der kleine für Klaus –, war es Zeit fürs Frühstück.

In dem Augenblick, als Klaus, Jürgen und Valentin in ihren derben Schuhen mit Holzsohlen die Treppe heraufgepoltert kamen, läutete eine Glocke, die an der Wand hing. Simon richtete etwas zu essen auf einem Holzbrett und klopfte an die Tür zu Meister Hinrichs Kontor. Ich bemerkte, dass unser Hausherr das gleiche einfache Essen bekam wie wir anderen. Das spricht jedenfalls für ihn, dachte ich.

In Simons Gesellschaft fühlte ich mich bald heimisch in den drei Geschossen des Hauses. Ganz unten war der Bootsschuppen, ein großer Raum, gefüllt mit Werkzeug und Geräten. Ich wusste, das ich allmählich Bekanntschaft mit den eigentümlichen Gegenständen machen würde. In der Diele vor dem Bootsschuppen hing der große Brandhaken, mit dem man die Holzwände niederreißen konnte, falls eine Feuersbrunst ausbrechen würde, und unter der Decke waren Wassertonnen befestigt. Von der Diele führte eine schmale Treppe in den ersten Stock. Wenn wir von draußen kamen, benutzten wir jedoch häufig die Außentreppe.

Über die Treppe erreichte man die Galerie des ersten Stocks. Sie war teilweise zum Durchgang geöffnet. Hier gab es die Hütte des Wachhundes und eine Glocke, mit deren Hilfe Meister Hinrich jederzeit seine Angestellten rufen konnte. Von der Galerie führte eine Tür zur Außenhütte, in der wir während der warmen Jahreszeit die meisten Mahlzeiten einnahmen.

Im Mai war es jedoch noch nicht sehr warm. Der Himmel war meistens grau. An manchen Tagen fiel Regen, unaufhörlich und traurig, aber häufig kam er auch in heftigen Schauern, die auf Kopf und Schultern trommelten, wenn Simon und ich mit Kehricht oder Wasser in unseren Eimern durch die Passage liefen. Nachts heulte der Wind, als ob es Herbst wäre. Er blies durch alle Ritzen des Holzhauses.

Hinter der Außenhütte lag Meister Hinrichs Zimmer, in dem er Besuch empfing und sein Kontor hatte, sowie eine kleinere Kammer, in der er seine Mahlzeiten einnahm und wo er im Winter auch schlief. Zu diesen Räumen hatten wir Jungen keinen Zutritt, außer Simon, der unserem Hausherrn das Tablett mit dem Essen hineintrug und dort drinnen aufräumte.

Im ersten Stock gab es auch mehrere Vorratsräume für empfindliche Waren und ein Handlager von Stoffen, Gewürzen und allerlei vermischten Kurzwaren. Ging man eine weitere Treppe hinauf, gelangte man zur Galerie des zweiten Stocks. Von hier führten drei Türen zu Klaus' Kammer, der Knechtekammer und der Sommerschlafkammer unseres Hausherrn. Meister Hinrich konnte seine Schlafkammer jedoch auch über eine eigene Treppe direkt von seinem Kontor aus erreichen.

»Er kann mitten am Tag hinaufgehen und ein Nickerchen machen, ohne dass wir es merken«, sagte Simon.

»Wer das doch könnte«, sagte ich mit einem Gähnen.

Auch im zweiten Stock gab es Lagerräume, genau wie auf dem Speicher. Die Erklärung für den Fischgestank in der Nacht bekam ich, als ich erkannte, dass der Trockenfisch in der Speicherkammer direkt über unserer Schlafkammer gelagert wurde.

Die deutsche Niederlassung in Bergen bestand aus einigen Dutzend Häuserreihen, die sich vom Kai oder dem Anleger, wie er genannt wurde, hinauf zur Oberen Straße erstreckten. In jeder Reihe befanden sich zehn oder zwölf Handelshäuser, die sich die Gemeinschaftshalle und das Feuerhaus für die Essenszubereitung teilten.

Meister Hinrich Martens' Haus war eins der kleineren auf unserem Hof. Am größten war das Haus neben unserem, das dem Anleger am nächsten lag. Dort regierte der Hofherr, Hermann Fuchs, über zwei Gesellen und acht Knechte. Er hatte den Ruf, ein guter und gerechter Hausherr zu sein.

Für einen Augenblick beneidete ich meinen Reisekameraden Philip, der bei Hermann Fuchs in Dienst war. Aber, dachte ich dann, wäre ich dorthin gekommen, hätte ich niemals Simon kennen gelernt.

Schon nach wenigen Tagen bedeutete mir Simon viel. Seine Freundlichkeit und Fürsorge für mich, seine Lebensfreude und sein fröhliches Lachen halfen mir, mich mit meinem Schicksal auszusöhnen und mich an diesem merkwürdigen Ort zurechtzufinden.

Auf der Reede vorm Anleger ankerten jetzt nicht mehr nur die sieben Schiffe aus Lübeck, sondern auch solche aus Rostock, Wismar, Hamburg und Danzig. In dieser Zeit hatten die Schiffsknechte alle Hände voll zu tun. In ihren offenen Booten beförderten sie Säcke und Tonnen mit Roggen, Mehl und Malz, große Ballen Leinwand und Segeltuch sowie kleine Bündel feinen flämischen Tuchs; Tonkrüge und Kessel, Bier- und Weinfässer, Gewürze und Salz, Mandeln und Walnüsse, Wachs und Honig, Hanf und Bast; außerdem noch eine Menge anderer Waren.

Von den kleinen Schiffen wurde alles mit Hilfe der Wippbalken an Land gehievt. Gröbere Ware wurde in den Magazinen entlang des Anlegers gelagert, empfindlichere erst einmal zu den Schuppen gebracht. Dort wurde sie sortiert und weiter in die verschiedenen Lagerräume verteilt.

Die letzte Strecke von den Schuppen zu den Lagern musste alles die schmalen, steilen Treppen hinaufgetragen werden. Jürgen und Valentin kamen von draußen und luden ihre Last auf dem Boden ab. Dort übernahmen Simon und ich die Arbeit und trugen die Sachen nach Klaus' Anweisungen in die verschiedenen Lagerräume.

Klaus führte sorgfältig Buch über alles, was hereingetragen und untergebracht wurde. Das war einer der Schlüssel zu den Erfolgen der deutschen Kaufleute, wie ich mit der Zeit begriff: dass man über alles Buch führte und nichts verkommen ließ.

Die Entladung musste so eilig vonstatten gehen, weil die deutschen Holken den Hafen bald wieder verlassen und anderen Schiffen Platz machen mussten.

»Bald kommen die Nordländer«, erzählte Simon. »Dann ist hier was los, das kannst du mir glauben. Dann muss man arbeiten, dass man abends nur noch todmüde ins Bett fällt.«

Die Nordländer, erklärte er, das waren norwegische Fischer und Kaufleute, die den Trockenfisch nach Bergen brachten. Hier übergaben sie ihn den Kaufleuten im Austausch gegen all die Waren, die aus Deutschland gekommen waren. Noch vor Herbstbeginn würden die deutschen Schiffe wiederkommen, um die Ladung Trockenfisch abzuholen und neue Waren für den Herbstmarkt zu bringen.

Jetzt wurden meistens nur Tonnen mit Hering und ein wenig Trockenfisch, Waren, die vom vergangenen Jahr übrig geblieben waren, an Bord gebracht.

In der Woche nach Pfingsten, etwa zehn Tage nach meiner Ankunft in Bergen, waren die deutschen Schiffe beladen und bereit, nach Hause zu segeln. Da erfuhr ich, was die Jungen in der Gemeinschaftshalle gemeint hatten, als sie sagten, mich und die anderen Neuankömmlinge würde eine lustige Woche erwarten.

Die Spiele

Nach dem Mittagessen vor dem Himmelfahrtstag gab Klaus mir frei. Ich und die anderen Jungen, die neu auf den Höfen waren, durften Jürgen in den Wald begleiten, um Laub und Reisig zu sammeln.

»Denn morgen werden wir spielen«, sagte Klaus.

Jürgen und Valentin grinsten. Simon sah mich sonderbar, fast mitleidig an. Warum, verstand ich nicht. Ich freute mich, hinauszukommen, und freute mich auf die Maifestlichkeiten.

Zu Hause im Dorf begann das Fest auch damit, dass wir frisches Grün und Reisig sammelten. In der Nacht wurde ein riesiges Feuer aus dem Laub des vergangenen Jahres entzündet. Am nächsten Tag fand ein Maiumzug durchs Dorf statt mit dem Maigrafen und der Maigräfin an der Spitze. Alle Häuser wurden mit Laub geschmückt und man aß, trank und vergnügte sich bis zum Abend.

Es gab ein freudiges Wiedersehen mit meinen Reisekameraden. Obwohl wir alle auf demselben Hof wohnten, hatten wir während der Arbeit nicht häufig Gelegenheit, miteinander zu sprechen. Nur Philip war schweigsam und mürrisch.

Jürgen führte uns durch die Passage an den Gemüsegärten vorbei und durch das offene Tor hinauf zur Oberen Straße. Entlang der ganzen Straße lagen die Schuppen von Handwerkern und Krämern. Viele Leute waren unterwegs, Männer und Frauen. Jetzt befanden wir uns außerhalb der deutschen Siedlung und die Menschen sprachen eine Sprache, von der ich nur Bruchstücke verstand.

Wir folgten der Straße zur Marienkirche, in der ich schon mehrere Male zur Messe gewesen war. Vor dem Friedhof trafen wir auf eine Gruppe Jungen vom Nachbarhof.

Wir kehrten um und gingen die Straße zurück. Wir wanderten an den Werkstätten der Kistenmacher und Schwertschleifer, Sattler und Maler, den Schuppen der Stoffhändler und Schneider vorbei, an Bäckereien und Metzgereien und an den Ständen der Kammmacher und Krämer, und von den Werkstätten der Schuhmacher und Gerber schlug uns ein widerlicher Gestank entgegen.

Wir brauchten nicht weit zu gehen, um vor die Stadt zu gelangen, und kamen in ein hübsches Tal. Es war auch nicht schwer, grünende Birken zu finden. Unter viel Gelächter und Geschrei rissen wir Zweige und Äste ab. Jürgen und die anderen Hauptmänner überwachten uns und ließen uns so viel Zeit, wie wir brauchten. Ausnahmsweise schien die Sonne und ich genoss die Wärme auf meinem Körper.

Spät am Nachmittag kehrten wir mit unserem Reisig zurück. Wenn wir nur gewusst hätten, wozu es benutzt werden sollte!

Den ganzen Abend war ich froh. Eifrig erzählte ich Simon, was tagsüber geschehen war und wie ich mich auf den Maiumzug freute. Er stimmte mir zu, aber seine Antworten waren ungewöhnlich wortkarg, und ich merkte, dass er meinem Blick einige Male auswich. Da dachte ich, dass er mir vielleicht meinen freien Nachmittag in der Natur neidete. Vielleicht hatte er doppelt so schwer arbeiten müssen, während ich fort gewesen war?

Am nächsten Tag begannen die Feierlichkeiten mit einer Festmahlzeit in der Gemeinschaftshalle. Zuerst saßen die Hausherren der Höfe mit geladenen Gästen zusammen bei Tisch. Wir Hausknechte mussten sie bedienen, und als sie mit Essen fertig waren, durften wir selbst zulangen. Was übrig geblieben war, war reichlich und wohlschmeckend, und wir durften so viel Bier trinken, wie wir wollten.

Gegen Nachmittag, als wir satt und fröhlich waren, kamen Jürgen und die Hauptmänner der Nachbarhöfe, um uns Neuankömmlinge abzuholen. Sie führten uns zum Anleger hinunter. Dort mussten wir an Bord eines der niedrigen Kähne gehen, mit denen die Waren von den Schiffen an Land gebracht wurden. An diesem Tag waren sie mit Birkengrün geschmückt.

Jürgen und die beiden anderen ruderten uns in die Öffnung der Bucht, vorbei an einigen Schiffen, die noch vor Anker lagen und auf günstigen Wind warteten.

Als wir ein Stück weit draußen und näher an der Landzunge mit der Burg und der großen Kirche waren, sah ich, wie ein zweites Boot vom Anleger ablegte und schnell hinter uns herruderte. Das war nicht besonders verwunderlich, denn es wurde von zehn oder zwölf Paar Riemen gerudert. Auch dieses Boot schien voller Jungen zu sein.

Ich fragte mich, ob es einen Wettkampf zwischen den beiden Booten geben sollte. Aber kaum hatte ich den Gedanken zu Ende gedacht, da sagte Jürgen zu mir: »Mathias, du gehst als Erster. Zieh dich aus!«

1/ Taufe

Angst schoss in mir hoch. Was sollte jetzt geschehen? Aber ich sah keinen anderen Ausweg als zu tun, was Jürgen mir befohlen hatte. Langsam zog ich mich aus. Dem Tag zu Ehren trug ich das Hemd, das Anna mir genäht hatte. Als ich es auf den Bootsboden fallen ließ, spürte ich Sehnsucht nach ihr wie einen Messerstich im Herzen.

Das andere Boot lag jetzt längsseits. Es war ebenfalls reich mit Birkenreisig geschmückt. Unter den Jungen an Bord sah ich Klaus, Valentin und Simon. Schließlich stand ich nackt da und versuchte meine unentwickelte Männlichkeit mit den Händen zu verbergen. Nackt in der Dunkelheit der Schlafkammer zu sein war das eine, aber hier im hellen Tageslicht vor so vielen Menschen war es mir unbehaglich.

»Nimm die Hände weg!«, schrie Jürgen. »Lass sehen, ob du was zum Vorzeigen hast oder ob wir ein Mädchen an Bord haben.«

Wieder wagte ich nichts anderes zu tun als zu gehorchen. Verschämt entblößte ich meine fast unbehaarte Scham. Lachen und Gegröle ertönten vom anderen Boot, auch einige der Neuankömmlinge in unserem Kahn lachten. Sie waren vermutlich der Meinung, dass sie mehr vorzuzeigen hätten.

»Was sagt ihr?«, schrie Jürgen. »Ist es ein Kerl oder ein Frauenzimmer?«

»Ein Welpe!«, brüllte jemand von dem anderen Kahn.

»Dann los!«, rief Jürgen. »Dann wollen wir den Welpen taufen!«

Er und einer seiner Kumpane ergriffen meine Arme. Ich zappelte und kämpfte, so gut ich konnte, aber vergeblich. Unbarmherzig hoben sie mich über die

Reling und tauchten mich unter Wasser. Das Wasser war eisig kalt. Bevor ich den Mund schließen konnte, schluckte ich davon, es brannte in den Lungen. Ich wagte nicht mehr zu kämpfen, aus Angst zu ertrinken, falls sie mich losließen. Stattdessen versuchte ich mich zur Oberfläche zu stemmen, aber eine Hand auf meinem Kopf drückte mich wieder nach unten.

Hustend und spuckend tauchte ich schließlich wieder auf. Aber da traf mich ein harter Schlag über dem einen Ohr und mehrere Schläge auf Schultern und Rücken. Ich drehte den Kopf und sah, dass die Jungen im anderen Boot Reisig ergriffen hatten und mich so fest peitschten, wie sie nur konnten. Ich hob die Arme, um meinen Kopf zu schützen, und spürte, wie die dünne Haut an den Innenseiten der Oberarme von den Schlägen aufgerissen wurde.

Dreimal wurde der Vorgang wiederholt. Einmal unter Wasser getaucht und dann Schläge, wenn Kopf und Oberkörper wieder auftauchten.

Jetzt sterbe ich, dachte ich, als ich das dritte Mal untergetaucht wurde.

Und tatsächlich war ich mehr tot als lebendig, als Jürgen und die anderen mich schließlich wieder über die Reling zogen und auf den Bootsboden fallen ließen. Ich sah die Augen der anderen Neuankömmlinge, aufgerissen vor Entsetzen und Mitleid. Jetzt begriffen sie, dass sie bald selbst an der Reihe waren.

Ich blieb liegen, während einer nach dem anderen die schreckliche Prüfung durchleiden musste. Ich hörte Schreie und Schluchzen. Meine Haut brannte von den Hieben und von dem Salz, das eingedrungen war, und meine Ohren dröhnten. Aber was mich am meisten schmerzte, war, dass Simon nichts gesagt hatte, mich nicht davor gewarnt hatte, was für eine Art Maifeier mich erwartete. Nicht, weil ich allem hätte entgehen können, aber ich hätte mich auf die Qual vorbereiten können.

Er, von dem ich geglaubt hatte, er sei mein Freund, hatte mich verraten, und das schmerzte mich mehr als meine brennenden Wunden an Armen und Rücken.

Zitternd vor Kälte, unsere feuchten Kleider nur halb angezogen, wurden wir schließlich von unseren Folterern wieder an Land gebracht. Wir glichen wohl wirklich einem Häuflein nasser und verängstigter Welpen.

Am liebsten hätte ich das getan, was junge Hunde tun, wenn sie Prügel bekommen: mich in einen Winkel verzogen und meine Wunden geleckt. Aber jetzt wurde das Gastmahl in der Gemeinschaftshalle fortgesetzt, und wir Neuankömmlinge mussten erneut bedienen, diesmal nicht nur am Tisch der Hausherren, sondern auch an den Tischen der Gesellen und älteren Jungen. Bier und Wein wurden ausgeschenkt, die Stimmung war prächtig und wir mussten uns viele Scherze über die Prüfung anhören, die wir überstanden hatten.

Simon saß bei Jürgen, Valentin und einigen anderen Jungen. Ich merkte, dass er meinen Blick suchte, aber jetzt war ich es, der den Kopf abwandte. Nie mehr werde ich mich auf Simon verlassen, dachte ich. Ein fröhliches Lachen, ein freundliches Lächeln – was war das schon wert, wenn jemand gute Miene zu so einem bösartigen Spiel machte?

Als das Fest endlich vorbei war und wir in unsere Kammern zurückkehrten, hielt ich Abstand von Simon. An der Waschschüssel in der Knechtekammer wusch ich mir das Salzwasser ab, so gut es ging. Die Schwellungen von den Hieben schmerzten bei der geringsten Berührung. Ich biss die Zähne zusammen, um nicht zu weinen. Ich gönnte es den anderen dreien nicht, sich auf meine Kosten lustig zu machen.

Jürgen und Valentin waren schon in das obere Bett gekrochen. Simon saß auf der Kante unseres Bettes. Ich spürte seinen Blick, aber ich tat so, als sähe ich ihn nicht.

»Nun komm endlich ins Bett.«

Klaus wurde ungeduldig.

Schweigend legte ich mich hin und kehrte Simon den Rücken zu. Klaus schloss die Klappe.

»Du bist böse auf mich«, sagte Simon leise. »Das ist doch so, Mathias?«

Ich antwortete nicht.

»Ich konnte dich nicht warnen«, fuhr er fort. »Verstehst du? Niemand darf vorher etwas erfahren. Das sind die Regeln des Spiels. Ich wäre bestraft worden und hätte mitspielen müssen. Mathias, verzeih mir! Sei nicht böse auf mich!«

Seine Stimme klang flehend. Ich konnte mein Schweigen nicht durchhalten. Eine Sache musste ich aber wissen.

»Hast du mich auch geschlagen?«

»Weder dich noch einen von den anderen. Niemand merkt, ob man trifft oder nur die Wasseroberfläche mit dem Reisig peitscht.«

»Ich habe gedacht, du hättest mich aus freiem Willen verraten«, sagte ich. »Aber du warst gezwungen, und deswegen muss ich dir verzeihen.«

Simon schwieg einen Augenblick.

»Doch, ich habe dich verraten«, sagte er dann. »Dich und mich selbst auch.«

Ich verstand nicht, was er damit meinte, dass er sich selbst verraten hatte. Doch ehe ich fragen konnte, sagte er: »Wenn du willst, dann geloben wir einander, dass wir uns nie mehr gegenseitig verraten.«

»Ja«, sagte ich, »das will ich.«

Simon nahm sein Messer, das er nachts zwischen Bett und Wand verbarg. Vorsichtig ritzte er zuerst seinen eigenen Daumen, dann meinen. Wir pressten sie gegeneinander und mischten unser Blut.

»Jetzt sind wir Blutsbrüder«, sagte Simon. »Treu für alle Zeit.«

»Für alle Zeit«, sagte ich. »Das schwöre ich.«

»Jetzt«, fuhr Simon fort, »will ich dir Sachen erzählen, über die zu sprechen verboten ist. Das Wasserspiel, das du heute gespielt hast, ist das erste von drei Spielen. Die beiden, die noch bevorstehen, heißen Rauchspiel und Burgspiel. Das Rauchspiel ist das schlimmste. Versuch einen feuchten Lappen mitzunehmen und in den Mund zu stecken, wenn es so weit ist. Und antworte nicht mit Worten auf ihre Fragen, du darfst nur nicken, den Kopf schütteln oder Zeichen mit den Händen machen. Dann atmest du nicht so viel Rauch ein.«

»Und das Burgspiel?«

»Das ist ein Gastmahl und eine ordentliche Tracht Prügel. Das Spiel muss man vier Jahre hintereinander spielen, Valentin und ich müssen uns auch noch ein paar Stockhiebe abholen.«

»Warum quälen sie uns so?« Ich konnte es nicht lassen, ihn das zu fragen.

»Damit sich keine Weichlinge und Feiglinge einnisten, sagen sie. Dass derjenige, der keine Tracht Prügel verträgt, auch die Arbeit am Anleger nicht aushält.«

Er dachte nach und fuhr dann fort: »Aber ich glaube, es gibt Menschen, die schlagen und quälen gern andere. Vielleicht sind sie selbst böse geschlagen worden. Du hättest heute Jürgens Gesicht sehen sollen, als er dich und die anderen unter Wasser gedrückt hat. Er sah so selig aus, als wäre er im Steinkeller gewesen.«

»Im Steinkeller?«

»Es ist das größte Hurenhaus auf der Oberen Straße«, antwortete Simon.

Ich bekam Lust ihn zu fragen, ob er dort gewesen war, ob er schon einmal einer Frau nahe gewesen war. Aber ich traute mich nicht.

Stattdessen erzählten wir uns eine Weile, wie es uns in der Kindheit ergangen war. Ich erzählte, dass mein Vater Anna oder mich niemals geschlagen hatte. Mutter hätte es nicht zugelassen, und in diesem Bereich ließ Vater sie bestimmen.

Simon sagte, sein Vater habe ihm im Zorn schon die eine oder andere Ohrfeige verpasst, aber er hat nie einen Stock oder Reisig benutzt, um seine Kinder zu züchtigen.

»Glaubst du, es ist leichter, Prügel auszuhalten, wenn man es von Kindheit an gewöhnt ist?«, fragte ich.

»Vielleicht«, sagte Simon. »Aber vielleicht wird der Zorn auch nur noch größer und zwingt einen dazu, später jene zu schlagen, die schwächer sind.«

An diesem Abend schlief ich mit schmerzendem

Körper, aber leichten Herzens ein. Als ich am nächsten Morgen das Wasser aus Annas Hemd spülen wollte, stellte ich fest, dass es blutbefleckt war. Ich wusch es aus und dachte an Anna. Ich vermisste sie, aber die Sehnsucht brannte nicht mehr so.

Dem Wasserspiel folgte das Rauchspiel, genau wie Simon gesagt hatte. An einem Abend zog eine Gruppe Jungen und Gesellen zum Hof hinaus. An der Spitze vollführte ein Narr wilde Bocksprünge, umgeben von Trommlern und anderen Musikanten. Ihnen folgte ein Paar, das als Bauer und Bäuerin verkleidet war. Mehrere im Zug trugen leere Eimer und Bottiche, auf denen sie im Gehen trommelten.

Es war Juni geworden und der Abend war erstaunlich hell, wie er nur im Norden hell sein kann. Der Tag war wie üblich regnerisch gewesen, aber gegen Abend war der Himmel aufgeklart und jetzt hingen nur noch ein paar graue Wolkenfetzen um die Berggipfel.

Der Zug ging die Obere Straße entlang. Die Schuppen der Handwerker und Krämer waren geschlossen, doch hier und da schauten neugierige Menschen heraus. Kinder rannten kreuz und quer über die Straße, um das Spektakel zu beobachten, wurden aber bald von ihren Müttern ins Haus gerufen.

An einigen Toren standen Frauen, allein oder in kleinen Gruppen. Sie waren nachlässig gekleidet und machten herausfordernde Gebärden, als wir vorbeizogen.

»Das da ist der Steinkeller«, flüsterte Simon mir zu und zeigte auf ein Tor.

Drei Mädchen standen dort. Eine von ihnen war nur mit einem Hemd bekleidet, um das sie lose einen Schal geschlungen hatte. Eine andere bückte sich so, dass ihr Bein bis weit hinauf zum Schenkel entblößt wurde, und tat so, als knote sie ihre Schnürsenkel. Die dritte kehrte uns unbekümmert das Hinterteil zu und zog zum allgemeinen Entzücken die Röcke hoch.

Dort, wo die Obere Straße zu Ende war, erreichten wir die Höfe der Schuhmacher und Gerber. Jene, die Eimer und Bottiche dabeihatten, hämmerten gegen die Tore und ließen sich ihre Gefäße mit etwas füllen, das einen widerlichen Gestank verbreitete.

Jetzt kehrten wir um und gingen zum Anleger. Immer noch hielten sich Zuschauer entlang der Straße auf, aber ich bemerkte, dass sie sich rasch in ihre Toreingänge und hinter Türen verzogen, sobald sich der Zug näherte. Dazu hatten sie auch guten Grund, denn wer nicht rechtzeitig entkam, wurde mit dem Dreck aus den Bottichen bespritzt.

Ich ging zusammen mit meinen drei Kameraden von der Seereise. Den fröhlichen Gesichtern der anderen sah ich an, dass sie nicht ahnten, was wir gleich erleiden würden. Mich überfiel der Gedanke, dass ich sie genauso verriet, wie Simon mich verraten hatte. Aber jetzt war es zu spät, noch etwas daran zu ändern. In der Tasche tastete ich nach dem Lappen, den ich nass gemacht hatte, bevor wir losgingen.

Wir kehrten zum Hof zurück und betraten das Feuerhaus. An einer der Feuerstellen brannte ein Feuer, bewacht von einigen Jungen, die den Gauklerzug nicht begleitet hatten. Von der Decke hing ein grobes Seil, das über einen Dachbalken geworfen war.

Ich schielte zu Philip, der neben mir stand, nichts

Böses ahnend. Hätte ich ihn warnen sollen? Aber bevor ich mich entscheiden konnte, packten Jürgen und einige andere Jungen Philip und schleppten ihn zum Feuer. Sie befestigten die Seilenden um seinen Leib und zogen ihn hoch. Da hing er wild zappelnd über dem Feuer.

Jetzt wurde der Inhalt einiger Gefäße aufs Feuer geworfen, zusammen mit Küchenabfall und anderem Unrat. Hautlappen von totem Vieh, Hufe und Klauen, Innereien von Fisch und Mist verbreiteten einen unerträglichen Gestank. Alle zogen sich ein Stück zurück, außer Philip, der hilflos in der Wolke von gelbbraunem Qualm hing.

»Was hatte dein Vater für eine Stellung?«, rief Jürgen.

»Bürgermeister!«, schrie Philipp zurück. Er bekam Rauch in den Hals und hustete und wimmerte.

»Hast du schon besseres Benehmen gelernt?«

»Ja!«

»Hast du gelernt, deinen Vorgesetzten zu gehorchen?«

»Ja, ja!«

»Und wer bin ich?«

»Mein Hauptmann«, spuckte Philip hervor.

»Was bist du mir schuldig?«

»Gehorsam!«

So wurde das Verhör wohl eine halbe Stunde lang fortgesetzt. Bei jeder Antwort schluckte Philip mehr Rauch. Schließlich bekam er kein Wort mehr hervor. Da wurde er heruntergelassen und vom Seil befreit. Grünbleich, mit zugeschwollenen Augen, fiel Philip auf den Boden und blieb hilflos in seiner eigenen Kotze liegen.

Ich wollte ihm helfen, aber jetzt war ich an der Reihe, über dem Feuer hochgezogen zu werden. Neuer Dreck wurde hineingeworfen, neuer fetter Qualm stieg auf. In dem Augenblick, als sie mich hochzogen, gelang es mir, den Lappen in den Mund zu stecken. Ich presste die Lippen fest zusammen.

Simon hatte Recht, dies war schlimmer als das Wasserspiel. Die Hitze vom Feuer, der erstickende Rauch, der eklige Gestank und die Schmerzen im Rücken und in den Beinen, die vom Aufgehängtsein kamen, brachten mich fast um den Verstand. Die Lungen brannten und die Eingeweide zogen sich im Krampf zusammen. Aber ich befolgte Simons Rat und vermied es, den Mund zu öffnen, wenn ich Jürgens Fragen beantwortete. Dennoch hätte ich es kaum ausgehalten, wenn Simon sich nicht so gestellt hätte, dass ich ihn die ganze Zeit durch den Rauch hindurch sehen konnte. Seine mitleidigen und aufmunternden Blicke halfen mir, die Pein zu ertragen. Als ich heruntergelassen wurde, war ich erschöpft, aber ich konnte mich wenigstens auf den Beinen halten.

Das Burgspiel begann genau wie das Wasserspiel damit, dass wir Laub und Reisig im Wald sammelten. Jeder musste ein Bündel sammeln, so groß, wie er es tragen konnte, und außerdem zwei Stöcke.

Am nächsten Morgen zogen wir erneut hinaus mit Trommeln und Pfeifen. Der Narr klapperte mit seiner Hasenklapper, der Bauer spritzte Wein aus einer Flasche und die Bauersfrau bespritzte alle, die zu nah kamen, mit Dreckwasser aus einem Eimer. Von der

Grasfläche neben den Gemüsegärten holten wir das Reisig und die Stöcke, die wir am Abend vorher dort gelassen hatten. Zuerst gingen wir zur Gemeinschaftshalle, wo alle ein Glas Wein bekamen, süßer und besser als aller Wein, den ich bis dahin getrunken hatte. Darauf zogen wir hinunter zum Anleger, vorbei an den Wippbalken, die mit Grün geschmückt waren.

Im Freudenrausch des Umzuges hatte ich fast vergessen, was uns erwartete, aber als ich die Ecke in der Halle erblickte, die mit Vorhängen aus Leinwand abgegrenzt war, erinnerte ich mich. Der Hofherr Hermann Fuchs hieß uns willkommen und ermahnte uns Jungen, das letzte Spiel des Jahres ohne Widerstand und allzu viel Trunkenheit zu spielen.

Essen und Getränke wurden im Übermaß serviert. Wir Jungen bedienten, konnten aber auch selbst ordentlich zugreifen. Inzwischen wurden wir alle vom Narren und zwei Gesellen unterhalten, die als Schornsteinfeger mit geschwärzten Gesichtern auftraten.

Alle, die am Spiel teilnehmen sollten, wurden dann hinausgeführt und mussten im Feuerhaus warten. Diesmal waren es nicht nur Neuankömmlinge, sondern auch Jungen, die schon mehrere Jahre in Bergen waren. Simon und ich versuchten einander Mut zu machen, so gut wir konnten. Wir tranken auch eine Menge von dem Bier, das im Feuerhaus bereitstand, in der Hoffnung, es könnte den Schmerz betäuben.

Einer nach dem anderen, in der Reihenfolge des Alters, wurden wir in die Gemeinschaftshalle geholt. Simon ging mir voran. Wir drückten einander die Hände, sagten jedoch nichts.

Schließlich war ich an der Reihe. Der »Bauer«

nahm mich bei der Hand und führte mich in den Verschlag hinter der Leinwand. Dabei ratterte er einen Reim herunter, von dem ich nur zwei Zeilen behalten habe:

Kriech in das heilige Stübchen,
dann kriegst du eins aufs Rübchen.

Noch vor den Vorhängen musste ich meine Hosen lösen, und sobald ich den Verschlag betreten hatte, wurde ich von vier maskierten Jungen überfallen, die mich auf eine Bank legten und mich festhielten, während vier andere, die ebenfalls Masken trugen, mit Stöcken auf mein nacktes Hinterteil einprügelten. Die ganze Zeit über schlugen andere Jungen auf Trommeln und Gefäße, damit meine Schreie im Lärm erstickten.

Zerschlagen kam ich heraus und hütete mich, mich niederzusetzen. Stehen war auch nicht leicht, weil meine Beine zitterten und mich nicht tragen wollten.

Als der Jüngste unter uns schließlich seine Tracht Prügel bekommen hatte, hob der Narr ihn auf seine Schultern und trug ihn zum Hofherrn. Dort musste er sich für das schöne Spiel bedanken und darum bitten, im nächsten Jahr wieder mitspielen zu dürfen.

Brüder

Die Nordlandfahrer kamen in der Woche vor Sankt Johannes. Sie kamen wie ein Schwarm Dohlen, die sich auf einem Kirchturm niederlassen. Hunderte von Nordlandjachten mit flatternden Segeln machten am Anleger fest und lagen dann Seite an Seite, bis das Wasser zwischen ihnen kaum noch zu sehen war. Der geladene Trockenfisch füllte die Bootsrümpfe und türmte sich an den Masten hinauf. All dieser Fisch sollte an Land gebracht, gewogen, sortiert, verpackt und gelagert werden, bis die deutschen Schiffe spät im Sommer zurückkehrten.

Die Nächte waren jetzt hell und die Arbeit konnte schon kurz nach Mitternacht beginnen. Erst mehrere Stunden später wurden Simon und ich vorausgeschickt, um den Frühstückstisch zu decken. Von den anderen Hausarbeiten erledigten wir in dieser Zeit nur die allernötigsten. Zu den Mahlzeiten wurden nur kalte Gerichte serviert – Brot, getrocknetes Fleisch oder Fisch, gesalzener Hering und anderes, was nicht viel Zubereitung erforderte. Alle Hände wurden für die Arbeit mit dem Trockenfisch gebraucht.

Er sah wie trockene Holzstücke aus, der Fisch, den Simon und ich auf einrädrigen Karren vom Kai zu den Magazinen brachten. Mit der eigentlichen Entladung der Jachten waren wir nicht betraut und auch nicht mit der Arbeit in den Magazinen. Dort beaufsichtigte Klaus die große Waage und entschied, nach welcher Größe und Qualität der Fisch sortiert werden sollte.

Ich lernte in diesem Sommer nur, zwischen zwei Arten Trockenfisch zu unterscheiden – Rundfisch und einem Fisch, der Rotscher genannt wurde. Der Rotscher war mehr wert, denn er war vor dem Trocknen vom Kopf bis zum Schwanz aufgeschnitten worden, daher war er leichter als der Rundfisch, der im Ganzen zum Trocknen aufgehängt worden war.

Nachts träumte ich, ein Berg übel riechender Trockenfische würde auf mich fallen und mich lebendig begraben.

Als aller Fisch schließlich an Land gebracht war, konnten sich die Nordlandfahrer Waren aussuchen, die sie im Tausch dafür haben wollten. Jeder Nordlandfahrer hatte mit einem der Handelshäuser alte Verbindungen, und jetzt wurden sie zum Sonntagsessen eingeladen, jeder in sein Haus.

Simon und ich servierten Ochsenbraten und Pflaumensuppe, während Meister Hinrich und Klaus mit den Gästen bei Tisch saßen.

Jetzt wurden die Waren hervorgeholt, die im Frühsommer von den deutschen Schiffen gebracht worden waren. Ich begann zu begreifen, wie die Arbeit auf dem Anleger aussah. Nicht pflanzen oder etwas Neues erschaffen, wie der Bauer, der die Saat zum Wachsen brachte, oder der Handwerker, der nützliche Gegenstände aus seinem Rohmaterial formte, sondern nur der Austausch von einer Sache gegen die andere. Wie man auf diese Weise Reichtum zusammentragen konnte, begriff ich allerdings nicht.

Handel

»Du denkst zu viel nach, Mathias«, sagte Simon, als ich ihm meine Gedanken offenbarte. »Das lohnt sich nicht. Tu, was man dir aufträgt, dann bekommst du deinen Lohn und wirst schließlich Geselle. Da ist doch nichts Besonderes daran.«

Er zerstrubbelte mir zum Spaß die Haare.

»Ich hätte wirklich nicht geglaubt, dass ein Denker unter diesen Haarzotteln wohnt«, sagte er und lachte.

Die Nordlandsegler hatten abgelegt und wir hatten wieder Zeit für die Hausarbeiten und füreinander. Noch war die Arbeitssaison nicht vorbei, denn die Nordlandfahrer und die Schiffe aus dem Süden würden noch einmal wiederkehren, bevor Herbststürme und Winterkälte die Segelfahrt unmöglich machten. Aber während einiger Tage oder vielleicht Wochen durften wir Kraft schöpfen und die tägliche Arbeit ruhiger erledigen. Jetzt war Hochsommer, und obwohl es auch in dieser Jahreszeit häufig regnete, gab es Tage, da erbarmte sich die Sonne über uns und wärmte unsere steifen, schmerzenden Glieder.

An solchen Tagen war die Arbeit in den Gemüsegärten am besten. Simon und ich zupften Unkraut, verzogen oder pflegten die Pflanzen. Die Erde schien mir sauber und frisch zu duften, verglichen mit den Fischstücken, mit denen ich mich in den vergangenen Wochen beschäftigt hatte.

»Glaubst du, dass du Kaufmann wirst?«, fragte ich Simon.

»Wenn ich muss«, sagte er. »Lieber würde ich mir ein Fleckchen Erde für das Geld kaufen, das ich verdiene.«

Ich wusste, dass Simon genau wie ich der jüngste Sohn eines Bauern und ohne Erbrecht auf den Boden des Vaters war.

Simon nahm einen Erdklumpen in die Hand und zerkrümelte ihn langsam zwischen den Fingern.

»Würdest du das nicht auch lieber?«, fragte er.

Ich zögerte. Bisher hatte ich Simon nicht von meiner Sehnsucht nach Wissen erzählt. Ich fürchtete ein wenig, er könnte mich auslachen. Aber wir waren ja Brüder, treu für alle Zeit.

»Ich wäre gern Pfarrer geworden.«

Simon lachte nicht.

»Das habe ich doch gesagt. Du bist ein Denker, Mathias. Kannst du lesen?«

»Nein.«

»Das wirst du hier jedenfalls lernen. Im Winter, wenn wir nicht mehr so hart arbeiten müssen, unterrichten uns die Hausherren in der Gemeinschaftshalle.«

Er lächelte.

»Du wirst eines Tages schon noch dorthin kommen, wohin du willst. Und ich bekomme einen eigenen Hof, eine Frau und Kinder. Vielleicht wirst du ja Pfarrer in meinem Kirchspiel, Mathias!«

»Vielleicht werden die Menschen wie Vögel fliegen und nachts wird die Sonne scheinen«, antwortete ich.

Die Ruhe nach der Abreise der Nordlandfahrer währte nicht lange. Bald kamen die Schiffe aus den deutschen Häfen, um den Trockenfisch abzuholen und neue Waren anzuliefern. Und schließlich, als der Sommer in den Herbst überging, kehrten die Nordlandfahrer zum letzten Mal in diesem Jahr mit Trockenfisch, Hering und Tran zurück.

Aber vorher hatten wir etwas zu reden bekommen auf dem Hof. Der Schiffer eines Bootes aus Lübeck hatte einen Brief an den Hofherrn Hermann Fuchs mitgebracht. Der Brief war vom Bürgermeister einer kleinen pommerschen Stadt unterzeichnet und mit seinem Siegel versehen. Der Bürgermeister verlangte, dass sein Sohn Philip unmittelbar von seinem Dienst befreit und bei nächster Gelegenheit nach Lübeck zurückgeschickt werden sollte.

Etwas Derartiges, sagten alle, sei noch nie passiert. Bald wurde auch bekannt, wie es zugegangen war. Nach den drei Spielen hatte Philip einen Brief an seinen Vater geschrieben und erzählt, was er gezwungen gewesen war zu erleiden. Um seinen Bericht zu unterstreichen, hatte er sein blutbeflecktes Hemd eingepackt und an seine Mutter geschickt. Es war ihm gelungen, Brief und Paket an Bord eines Schiffes, das nach Wismar fahren sollte, zu schmuggeln.

»Und seine Mutter hat wohl vor Schreck geweint und ihrem Mann vermutlich keine ruhige Minute gelassen, bis das Muttersöhnchen Erlaubnis bekam, nach Hause zu fahren«, beendete Philips Kamerad die Geschichte, stolz, dass er mehr wusste als wir anderen.

Wir lachten alle und genossen es, uns über das Muttersöhnchen erhaben zu fühlen. Hatten wir die Prüfungen nicht ohne zu klagen über uns ergehen lassen? Waren wir nicht bereit, uns auch im nächsten Jahr der Prügel im »heiligen Stübchen« zu unterwerfen?

So schnell vergessen wir Menschen das, was wir in der Erinnerung nicht aushalten können.

Aber ich vergaß Philip nicht. Lange beschäftigten sich meine Gedanken mit ihm. War er ein Feigling, wie alle sagten? Oder war er nicht im Gegenteil mutig, weil er sich weigerte, sich mit dem Schicksal abzufinden wie wir? Und wenn es einen Ausweg für ihn gab, gab es vielleicht auch einen für mich und für Simon?

Dann war die Segelsaison vorbei und die letzten Nordlandjachten verließen Vågen. Meister Hinrich inspizierte die Lager, runzelte unzufrieden die Stirn und befahl Klaus zu sich in sein Kontor. In der Außenhütte, wo wir den Mittagstisch deckten, hörten Simon und ich seine wütende Stimme.

»Unordnung!«, schrie Meister Hinrich. »Unordnung und Schlamperei!«

Simon und ich sahen einander an. Wir wussten beide, dass Klaus so gewissenhaft und ordentlich war, wie es sich ein Hausherr nur wünschen konnte.

»An irgendjemandem muss er seine schlechte Laune ja auslassen«, flüsterte Simon.

»Ein Glück, dass er sie nicht an uns auslässt«, flüsterte ich.

Aber als Klaus aus dem Kontor kam und mit Simon und mir schimpfte, weil das Essen noch nicht auf dem Tisch stand, begriff ich, was es mit dem Reim von der Katze, der Ratte und dem Seil auf sich hatte. Jeder rächte sich für seine erlittenen Ungerechtigkeiten an dem, der im Rang unter ihm stand.

In der Herbstdunkelheit verlief das Leben auf dem Anleger genau wie zu Hause auf dem Hof in einem langsameren Takt. Die Lager waren für den Frühling gefüllt. Gesellen und Schiffsknechte konnten sich der Reparatur von Werkzeugen widmen und Gebäude und Schiffe pflegen. Wir Hausknechte aber hatten immer noch dieselbe Arbeit zu verrichten, doch uns wurde erspart, bei der schweren Arbeit in den Lagern am Kai zu helfen.

Wenn der Sommer auch kühl und feucht gewesen

war, war das nichts gegen die raue Luft, die schon im Oktober drinnen und draußen alles frieren ließ. Richtig warm war es nur im Feuerhaus beim Kochen und in der Messe, wenn die Flammen von Hunderten von Wachslichtern die Luft in der Marienkirche erwärmten.

In der Gemeinschaftshalle, in die wir manchmal abends gingen, brannte noch kein Feuer. Erst nach Sankt Martin würde es in dem großen Herd mit Rauchfang, der mitten im Raum stand, entfacht werden.

»Dann wird es anders«, sagte Simon. »Das Morgengebet und jeden Tag Schule.«

Seine Stimme klang nicht so, als ob er sich darauf freute.

»Magst du die Schule nicht?«

Simon schüttelte den Kopf.

»Ich bin nicht so wie du, Mathias. Ich habe keinen Kopf zum Lernen. Ich arbeite lieber mit meinen Händen.«

Er hielt seine Hände vor sich. Obwohl sie von der Arbeit gezeichnet waren, waren sie dennoch ungewöhnlich schön. Die Finger waren lang und hatten wohlgeformte Nägel.

»Meine Hände«, sagte er, »sie wollen ... das Leben greifen. Verstehst du?«

Ich erinnerte mich daran, wie Simon den Erdklumpen im Gemüsegarten zerkrümelt hatte. Hastig und unerwartet huschte das Bild von Anna vorbei, als sie mein Hemd auszog und Schultern und Brüste entblößte. Das Blut schoss mir in die Wangen.

»Du wirst rot?«

Simon lachte auf.

»Woran hast du gedacht, Mathias? An ein Mädchen?«

Ich nickte.

»Wer ist sie?«

»Ein Mädchen aus meinem Heimatdorf.«

Ich konnte ja nicht sagen, dass es der Gedanke an meine eigene Zwillingsschwester war, der mich zum Erröten gebracht hatte.

»Bist du ... ihr nah gewesen?«

»Nein, nein«, antwortete ich schnell. »Ich habe sie nur aus der Ferne gesehen.«

Alles konnte ich Simon anvertrauen, aber nicht das, was ich am letzten Abend zusammen mit Anna empfunden hatte.

»Und du?«, fragte ich plötzlich. »Bist du schon einmal einem Mädchen nah gewesen?«

»Keinem Mädchen«, sagte Simon, und seine Stimme klang, als hätte er einen Kloß im Hals.

Der Steinkeller, dachte ich. Aber Simon sagte: »Hier gehen viele zu den Huren. Aber ich ...«

Er verstummte. Ich sah, dass er zögerte, als ob er sich fürchtete, etwas zu gestehen.

»Ich glaube«, sagte er dann, »dass die körperliche Liebe das Größte im Leben sein kann. Darum sollte man sie nicht in den Schmutz ziehen.«

»Größer als die Liebe zu Gott? Du lästerst, Simon!«

»Vielleicht sind sie ein und dasselbe«, sagte er.

Damals verstand ich den Sinn seiner Worte nicht. Erst jetzt beginne ich zu ahnen, was er meinte.

Zu Sankt Martin wurde die Gemeinschaftshalle für den Winter geöffnet. Alle Leute des Hofes versammelten sich dort und das Feuer wurde zum ersten Mal entzündet. Der Älteste unter den Hausherren las die Regeln des Hofes vor, die alle befolgen mussten. Die wichtigste aller Regeln handelte vom Feuer und vom Licht. Selbst wenn niemand von uns, die wir jetzt beim Anleger wohnten, eine große Feuersbrunst erlebt hatte, begriffen doch alle, was es bedeuten konnte, wenn das Feuer Nahrung zwischen den Holzgebäuden fand und sich über die engen Passagen ausbreitete.

Die Hausherren fürchteten um ihre Warenlager. Wir Jungen mussten nur um unser Leben fürchten.

Die Strafen für verschiedene Vergehen waren auch nicht für alle gleich. Die Hausherren und Gesellen konnten zu einer Buße, die in die gemeinsame Kasse einzuzahlen war, verurteilt werden oder dazu, dem Armenhaus der Stadt Geld zu spenden. Für uns Jungen war sie für alle Vergehen, ob große oder kleine, die gleiche: Prügel.

Die Hausherren hielten eine Versammlung ab und verteilten die Ämter des Hofes untereinander: Hofherr, Hausaufkäufer, Bieraufkäufer, Sekretär und Meistermann. Der Meistermann und seine beiden Helfer hatten die Aufgabe, die Strafe an dem zu vollziehen, der sich gegen die Regeln des Hofes vergangen hatte.

Das Amt des Meistermannes ging an den Hausherrn mit dem grausamen Zug um den Mund, der mir schon am ersten Abend aufgefallen war. Sein Name war Berthold Hocker. Unter den Jungen hieß es, das sei ein Amt, dessen er sich gern annahm, ihm gefiele es, andere zu quälen und zu strafen. Manche sagten, er habe einmal einen Jungen zu Tode gepeitscht, aber das war lange her und niemand wusste es ganz sicher. Von uns Jungen wurde er in jeder Beziehung gefürchtet, und selbst die Hausherren schienen ihn nicht leiden zu können, obgleich sein Handelshaus das zweitgrößte und vermögendste nach dem des Hofherrn war.

Meister Berthold hatte einen eigentümlichen, durchdringenden Blick aus Augen, die nahezu gelb waren. Als ich ihn heimlich betrachtete, fragte ich mich, ob er geradewegs durch uns Jungen hindurchsehen konnte, ob er den geheimen Trotz unter unserer widerwilligen Untertänigkeit sah, unsere wilden Träume von einem anderen, einem besseren Leben.

Als alles entschieden war, schloss der Bieraufkäufer die Tür zu dem Verschlag auf, in dem das große Bierfass verwahrt wurde. Das Fass wurde herausgerollt, Kannen und Humpen wurden geholt und alle bekamen einen Becher voll schäumendem Bier. Bald war die Stimmung sehr ausgelassen. Man genoss die ungewohnte Wärme des Feuers und das Wissen, dass die schwere Arbeitszeit für diesmal vorbei war.

Mir fiel es schwer, mich zu freuen. Die vielen Reden über Strafe und Prügel bedrückten mich. Ich dachte bei mir, dass ich nicht viel mehr Prügel aushalten würde.

Simon sah munter aus. Er hob seinen Bierhumpen und sagte: »Prost, Mathias!«

Ich prostete ihm zu, aber ohne Freude.

Solange die Tage mit harter Arbeit gefüllt gewesen waren, hatte ich in den wenigen Stunden zwischen Dunkelheit und Dämmerung den schweren Schlaf des Erschöpften geschlafen. Jetzt lag ich häufig wach und grübelte über mein Schicksal nach. Die Jahre in Bergen dehnten sich vor mir aus wie eine Kette unendlich düsterer Tage. Aber aus dem schweren grauen Brei erhob sich ein Gedanke, so dreist, dass ich zunächst vor ihm zurückzuckte. Viele Nächte musste ich ihn in meiner Einsamkeit erforschen, bevor ich es wagte, ihn Simon anzuvertrauen.

»Fliehen?«

Simons Stimme klang ungläubig.

»Wie denn? Wohin sollten wir gehen? Sie würden uns einfangen und totschlagen.«

»Ich habe es mir genau überlegt«, sagte ich. »Wir müssen bis zum Frühling warten, wenn die Schiffe aus Lübeck kommen. Wenn alle Waren entladen und verstaut sind, gehen wir an Bord eines der Schiffe. Wir verstecken uns im Laderaum und bleiben dort, bis das Schiff weit draußen auf dem Meer ist. Dann können sie nicht mehr umkehren. Entweder setzen sie uns irgendwo entlang der norwegischen Küste an Land, und von dort kommen wir bestimmt irgendwie nach Hause, oder sie nehmen uns mit nach Lübeck …«

»… und von dort werden wir wieder hierher zurückgeschickt«, sagte Simon. »Hast du vergessen, dass wir sechs Jahre an diesen Dienst gebunden sind? Mit Philip war das etwas anderes. Sein Vater ist reich und kann den Sohn freikaufen. Schlag dir das aus dem Sinn, Mathias. Es ist unmöglich.«

Ich fühlte mich entmutigt. Hatte ich doch geglaubt, dass Simon, der immer so voller Hoffnung war, Feuer und Flamme für meinen Plan sein würde. Die Enttäuschung machte mich zornig. Ich stürzte mich auf ihn und schlug ihn mit den Fäusten.

»Du bist feige«, schrie ich. »Du redest davon, dass du Bauer wirst, und ich soll Pfarrer werden, aber du wagst nicht, etwas dafür zu tun. Du kannst ja in diesem Regen und Dreck verfaulen, aber ich nicht!«

Simon packte meine Arme und hielt mich fest.

»Beruhige dich, Mathias«, sagte er. »Vielleicht hast du Recht. Vielleicht müssen wir das Unmögliche wagen. Lass uns bis zum Frühling darüber nachdenken. Was auch geschieht, wir halten zusammen. Wir sind doch Brüder, du und ich.«

Ich hatte gedacht, der Winter im Norden sei streng, voll hartem Frost und viel Schnee. Aber stattdessen wogte ein rauer Nebel vom Meer heran und stahl das Tageslicht auch in den wenigen Stunden zwischen Sonnenaufgang und Sonnenuntergang. Die Berggipfel, die man sehen konnte, wenn sich die Wolken einmal zurückzogen, waren mit Schnee bedeckt. Unten zwischen den Häusern war die Erde nackt. Vorsichtig balancierten wir auf den schmalen Holzstegen über Schlamm und Unrat. Wer daneben trat, musste damit rechnen, viele Tage in nassen Schuhen herumzulaufen. Ohne Feuer im Haus konnte man weder Schuhe noch Kleider richtig trocknen. Die Feuchtigkeit hüllte uns ein wie ein unsichtbares Kleidungsstück und drang in jede Pore.

Die Tage begannen mit dem Morgengebet in der Gemeinschaftshalle. Nach dem Frühstück kehrten wir Jungen dorthin zurück und wurde im Lesen, Schreiben und Rechnen unterrichtet. Die älteren Jungen, die die Kunst des Lesens bereits beherrschten, lernten auch Buch zu führen und Hunderte Arten und Qualitäten von Waren zu unterscheiden, die den Anleger passierten.

Den Leseunterricht hatten die Hausherren einigen Gesellen übertragen. Klaus war einer von ihnen. Er war ein guter Lehrer. Es dauerte wenige Tage, da

Lernen

kannte ich alle Buchstaben und nach einigen Wochen konnte ich die Wörter im Katechismus ohne Schwierigkeit lesen. Selber Buchstaben mit dem Griffel auf der Wachstafel zu formen war schwieriger, aber sobald ich einen freien Augenblick und Tageslicht hatte, übte ich es für mich allein und wurde bald recht geschickt.

Simon seufzte über seiner Wachstafel. Seine Hände, die so erfahren waren bei den unterschiedlichsten Arten Arbeit und so empfindsam bei jeder Berührung, wurden plump, wenn sie den Griffel hielten. Sein Blick, sonst klar und aufmerksam, konnte den Zusammenhang der Schriftzeichen nicht erfassen.

Ich versuchte ihm zu helfen, so gut ich konnte. Auch Klaus war geduldig, aber einer der anderen Gesellen, der ihn manchmal vertrat, wurde wütend, wenn Simon sich durch den Text stotterte oder seine hilflosen Kringel auf der Wachstafel vorzeigte.

»Dummkopf!«, schrie er Simon an. »Tölpel, Schafskopf, was suchst du hier eigentlich?«

Simon wurde rot. Er tat mir Leid. Dumm war er keineswegs, das wusste ich, aber warum war er in diesem Punkt so ungeschickt? Nichts half, weder Klaus' Geduld noch die Schläge des anderen über die Finger, wenn ihm der Geduldsfaden riss.

Natürlich wünschte ich Simon, dass er die Schwierigkeiten überwinden würde. Aber gleichzeitig erfüllte es mich mit geheimer Genugtuung, ihm beim Lernen zu helfen. Bisher hatte er sich meiner angenommen, wie sich ein älterer Bruder um den jüngeren kümmert. Er hatte mir unsere Aufgaben gezeigt und mir bei allem geholfen, für das mir die Kräfte fehlten. Er hatte mir alles Wichtige erzählt, was man wissen musste, und mich getröstet, wenn mich Heimweh quälte. Bei allem war er der Gebende und ich der Nehmende gewesen.

Jetzt hatte ich die Gelegenheit etwas zurückzugeben. Jeder kleine Fortschritt, den Simon machte, war mir eine Freude. Brüder waren wir immer noch, aber gleichwertiger als vorher.

Es gab noch etwas anderes. Wenn Simon und ich über dasselbe Buch oder die Schreibtafel gebeugt saßen, dicht nebeneinander, so dass sich unsere Schultern und Knie berührten, spürte ich eine Wärme in mir aufsteigen. Ein mächtiges Gefühl füllte meine Brust und ließ mein Blut in den Adern pochen.

Immer öfter erwachte ich nachts mit einem steifen und schmerzenden Glied. Ich sah Simon an, der seinen vertrauensvollen Kinderschlaf schlief, und sehnte mich danach, ihn zu berühren und seine Hände auf meinem Körper zu spüren. Scheinbar unabsichtlich, wie im Schlaf, rückte ich näher an ihn heran, so dass sich unsere Körper aneinander pressten.

Bei Tageslicht war ich von Scham erfüllt über meine unreinen Gedanken. Ich beichtete sie Pater Hans in der Marienkirche und hoffte, das würde mich von ihnen befreien, aber die Gedanken kehrten nur mit verstärkter Kraft zurück. Lust und Scham glitten ineinander, und schließlich konnte ich sie nicht mehr unterscheiden.

Die Lüge

Meister Hinrichs Laune wurde immer unberechenbarer. An manchen Tagen hörten wir ihn drinnen in seinem Kontor pfeifen. An anderen Tagen war er reizbar und bärbeißig. Wenn wir den kleinsten Fehler machten, verlor er fast den Verstand. Eines Morgens, als Simon sein Frühstück hineintrug, wurde er rasend, weil die Grütze nicht warm genug war. Er stürmte hinauf in Klaus' Kammer, kam mit dem nägelgespickten Tampen zurück und versetzte Simon ein paar Schläge über den Rücken, so dass Blut hervortrat.

Das vermehrte meine Schuldgefühle gegenüber Simon, denn ich war es gewesen, der auf dem Weg vom Feuerhaus zu langsam gewesen war und die Grütze hatte abkühlen lassen. Aber als ich Simon anbot, es dem Meister zu sagen und meine Strafe entgegenzunehmen, brach er in Gelächter aus.

»Wozu soll das gut sein, Mathias? Er ist böse geworden, er hat mich geschlagen und jetzt ist es vergessen. Würden meine Wunden weniger brennen, nur weil du auch geschlagen wirst? Beim nächsten Mal wirst du meinetwegen geschlagen.«

Schließlich erfuhren wir den Grund für die schlechte Laune unseres Hausherrn. Im Frühjahr, wenn die Schiffe aus Lübeck kamen, sollte Meister Hinrich zum letzten Mal verantwortlich sein für die Entgegennahme der Waren. Wenn sie wieder ablegten, würde er selbst mit an Bord sein, auf dem Weg heim nach Lübeck, um Teilhaber des Handelshauses zu werden, das er hier in Bergen verwaltete. Nicht genug damit. Um die Verbindung zwischen sich und seinem zukünftigen Kompagnon zu stärken, sollte er dessen Tochter heiraten.

Meister Hinrich hätte sich glücklich schätzen sollen. Aber die Norwegerin, mit der er zusammengelebt und die er mehrere Jahre versorgt hatte, war über seinen zukünftigen Aufstieg in Lübeck alles andere als erfreut. Sie war der Meinung, sein Platz sei in Bergen, bei ihr und den Kindern – dem Kind, das schon auf der Welt war, und dem Kind, das sie erwartete. Ihre Familie war auch nicht ohne Einfluss in der Stadt, und jetzt verlangten sie, dass Meister Hinrich seine Mätresse heiratete und blieb.

Das wurde eines Abends in der Gemeinschaftshalle erörtert. Die anderen Hausherren wollten sich vergewissern, dass Meister Hinrich keine Pläne hatte, auf die norwegische Seite zu wechseln. Nachdem er einen Eid darauf geschworen hatte, wurde er nach dem Hofrecht zu einer Buße von einem Fass Bier verurteilt, weil er eine Frau geschwängert hatte, und damit war die Sache erledigt. Das Bier wurde unter großer Ausgelassenheit und mit vielen Trinksprüchen auf Hinrichs bevorstehende Heirat getrunken.

Eines Morgens kurz danach waren Simon und ich damit beschäftigt, die Galerie vor der Außenhütte zu fegen, als wir Schritte auf der äußersten Treppe hörten. Der Wachhund knurrte leise in seiner Hundehütte. Auch Simon und ich hörten, dass die Schritte nicht zu jemandem der Hausbewohner gehörten. Der da ging, trug keine holzbesohlten Stiefel, sondern leichte Schuhe mit Ledersohlen.

Nach einer Minute erschien ein Gesicht auf der Treppe unter uns. Das Gesicht einer Frau. Darauf tauchten zwei wippende Brüste in unserem Blickfeld auf und darunter ein gerundeter Bauch.

Simon und ich starrten sie an. Eine Frau am Anleger, mitten am helllichten Tag! Eine schwangere Frau außerdem, die sich daheim aufhalten und den Blicken der Menschen entziehen sollte.

Die Überraschung war so groß, dass es eine Weile dauerte, ehe wir begriffen, wer diese Frau sein musste. Da hatte sie auch schon die Galerie erreicht und stand vor uns. Sie war größer als irgendjemand von uns, eine stattliche Frau. Die Haare hatte sie auf dem Kopf festgesteckt und zum größten Teil mit einem weißen Tuch bedeckt, als ob sie eine verheiratete Frau wäre.

»Ist er da?«, fragte sie, ohne zu grüßen.

Wir nickten, verstummt vor ihrem Mut und der ungewohnten Anwesenheit einer Frau.

Unerschrocken ging Meister Hinrichs Mätresse auf die Tür zu, die zum Kontor des Hausherrn führte, und riss sie auf.

Simon und ich schauten einander an. Das Ganze war unerhört.

Wir hörten Meister Hinrichs aufgebrachte Ausrufe, als er die Frau bemerkte. Wir hörten auch ihre Stimme, klar und anzüglich, als sie in einer Mischung aus Deutsch und Norwegisch sagte: »Komme ich ungelegen, Hinrich?«

»Mach um Gottes willen die Tür zu!«, hörten wir den Hausherrn rufen.

Die Tür wurde geschlosssen. Zuerst hörten wir nichts, aber bald waren beide so laut, dass ihre Stimmen durch die Tür drangen. Simon und ich duckten uns, leise wie Mäuse. Wir wussten, dass Meister Hinrichs Zorn genauso gut einen von uns treffen konnte.

Drinnen wurde etwas aus Glas zerbrochen, vielleicht Meister Hinrichs großes Tintenfass. Die Stimme der Frau schrie unbeherrscht. Dann folgte ein Krachen wie von umgeworfenen Möbeln.

Darauf wurde es fast still. Nur schwaches Schluchzen meinten wir durch die geschlossene Tür zu hören. Das Schluchzen steigerte sich, bis es einem Schreien glich.

»Er bringt sie um«, flüsterte Simon, »guter Gott, Mathias, er bringt sie um. Wir müssen hineingehen.«

»Dann bringt er uns um«, flüsterte ich zurück.

Ratlos sahen wir einander an.

»Das Schlüsselloch«, flüsterte Simon.

Ich befand mich näher bei der Tür als er. Lautlos schlich ich hin und legte das Auge an das Schlüsselloch. Als Erstes sah ich einen umgeworfenen Stuhl. Dann sah ich, dass die Wand hinter Meister Hinrichs Schreibplatz mit einer dunklen Flüssigkeit bespritzt war. Blut, dachte ich, bevor mir das Tintenfass einfiel.

Von den beiden Menschen, die sich dort drinnen aufhielten, war keine Spur zu sehen. Langsam bewegte ich den Kopf, um mein Blickfeld zu erweitern.

Da sah ich sie. Zuerst dachte ich, sie kämpften und er wollte sie erwürgen. Dann sah ich, dass seine Hose heruntergelassen und ihr Rock hochgeschoben war. Eine sonderbare Erregung ergriff mich. Meine Wangen wurden rot und mir fiel das Atmen schwer.

»Was passiert?«, flüsterte Simon. »Kannst du etwas sehen?«

Ich machte eine Gebärde in seine Richtung: Schau selbst! Simon legte das Auge ans Schlüsselloch. Ich sah, wie er mit dem Blick suchte und dasselbe entdeckte wie ich.

Simon zuckte zusammen und packte mich.

»Komm«, flüsterte er.

Ich wusste, was er dachte. Wenn Meister Hinrich die Tür öffnete und uns davor entdeckte, wenn ihm klar wurde, was wir gesehen und gehört hatten, dann würde es uns böse ergehen.

Simon zog mich die Treppe hinauf zu den Schlafkammern. Das schien der beste Rückzugsweg zu sein, wenn wir vermeiden wollten, gesehen zu werden. Wir gingen in die Knechtekammer und setzten uns auf unser Bett.

»Haben sie denn überhaupt keine Scham im Leib?«, sagte ich. »Mitten am helllichten Tag! Und außerdem ist sie auch noch schwanger!«

»Es steht uns nicht an, sie zu verurteilen«, sagte Simon. »Was wissen wir denn über sie? Lass Gott das Urteil fällen.«

Ich wollte ihm gerade widersprechen, da hörten wir erneut Schritte. Diesmal kam das Geräusch durch die Klappe in der Wand, die die Knechtekammer von Meister Hinrichs Sommerschlafzimmer trennte. Jemand war auf der privaten Treppe des Hausherrn zwischen Kontor und Schlafkammer. Wenn wir nicht schon gewusst hätten, wer es war, dann hätten wir es spätestens jetzt am leise girrenden Lachen der Frau erkannt.

Wir hätten natürlich die äußere Klappe schließen

und weggehen sollen. Aber stattdessen sahen wir einander an und wussten ohne Worte, dass wir beide dasselbe dachten. Ich streckte die Hand aus und zog den Pflock aus dem Astloch.

»Sei vorsichtig«, hauchte Simon atemlos an meinem Ohr.

Mucksmäuschenstill standen wir dort und schauten abwechselnd durch das Astloch in Meister Hinrichs Kammer. Der Anblick, der sich mir dort bot, füllte mich mit einer brausenden Erregung, umso stärker, als ich Simons warmen Atem nah an meiner Wange spürte und wusste, dass er meine innere Erregung teilte.

Ich vergaß Zeit und Raum, und wenn Simon nicht so geistesgegenwärtig gewesen wäre, dann hätte es übel für uns ausgehen können. Plötzlich packte er mich und zog mich zu Boden, entschlossen und lautlos. Einen Augenblick später erkannte ich die Gefahr, als das Licht aus Meister Hinrichs Kammer durch die Klappe zu uns drang.

»Komm, beeil dich«, hörte ich die Stimme unseres Hausherrn, bevor die Klappe zur Knechtekammer mit einem Knall zugeschlagen wurde.

Vorsichtig krochen Simon und ich auf allen vieren aus der Knechtekammer und gingen so leise wie möglich die Treppe hinunter. Wir nahmen unsere Besen und fegten die Galerie, als ob wir unsere Arbeit nie unterbrochen hätten.

»Denk dran«, schärfte Simon mir ein, »wir haben nichts gehört und nichts gesehen. Das ist unser Geheimnis.«

Ich nickte. Ich verließ mich darauf, dass er in gewissen Dingen klüger und erfahrener war als ich.

Wie die Frau das Haus verließ, ohne dass wir es sahen, weiß ich nicht. Aber zur Mittagszeit läutete Meister Hinrich wie gewöhnlich die Glocke in seinem Kontor. Simon brachte ihm das Mittagsmahl und erzählte mir, dass es dort drinnen wie immer aussah. Die Tinte an der Wand war abgewischt. Die einzige Spur war ein blaufleckiges Handtuch, vergessen in einer Ecke.

Aber ungesehen hatte Meister Hinrichs Mätresse das Haus wohl doch nicht verlassen, das erfuhren wir am selben Abend in der Gemeinschaftshalle.

Jeden Abend nach dem Abendessen verlangte Hofherr Hermann Fuchs aller Aufmerksamkeit. Dies war der Moment, um Klagen oder Mitteilungen vorzubringen oder Streit beizulegen. Die Hausherren saßen zu Gericht, im Großen wie im Kleinen, verhängten Strafen oder sorgten für einen Vergleich, wo es möglich war.

Diesmal war es der Meistermann selbst, Meister Berthold, der sich am Tisch der Hausherren erhob.

»Ich möchte eine Anklage vorbringen«, sagte er.

Ich folgte seinem Blick und sah, dass er Meister Hinrich anstarrte. Simon sah es auch. Er drückte rasch meine Hand unter dem Tisch.

»Lass hören«, sagte Hermann Fuchs.

»Heute Vormittag«, sagte Meister Berthold, »hat unser Nachbar Hinrich Martens Besuch in seinem Kontor empfangen.«

Er machte eine Pause.

»Ja?«, sagte Hermann Fuchs. »Und weiter?«

»Von einem Frauenzimmer.«

Durch den Saal ging ein Raunen.

»Einem losen Frauenzimmer«, verdeutlichte Meister Berthold. »Einer Hure.«

Meister Hinrich war blutrot geworden. Jetzt sprang er auf und wollte sich auf den anderen stürzen, wurde aber von einigen anderen Hausherren zurückgehalten.

»Nenn sie nicht bei dem Namen!«, schrie er.

»Wie sonst«, sagte Meister Berthold langsam, »soll man ein Weib nennen, das einen Mann mitten am Tag besucht, um Unzucht mit ihm zu treiben?«

Diesmal war es kein Raunen, sondern ein Sturmwind, der durch den Saal ging.

»Meister Hinrich Martens«, sagte Hermann Fuchs, »ist die vorgebrachte Anklage wahr?«

»Nein«, sagte Meister Hinrich, »das ist sie nicht.«

»Dann sollen die beiden Parteien vier Schilling auf die Kannenbank legen. Wer die Wahrheit gesprochen hat, bekommt sein Geld zurück, wer die Unwahrheit gesagt hat, verliert das seine.«

Meister Berthold legte einige Münzen auf die Bank mit der Miene dessen, der wusste, dass er seine Wette gewinnen wird. Meister Hinrich war jetzt blass statt rot und ich sah, dass seine Hand zitterte, als er die Münzen auf die Bank legte.

»Berthold Hocker«, sagte Hermann Fuchs, »welche Beweise hast du vorzubringen?«

»Ich habe einen Zeugen.«

Er zeigte auf Jürgen, der sich erhoben hatte und sich dem Tisch der Hausherren näherte. Ich bemerkte, dass er Meister Hinrich frech in die Augen sah.

»Nun, Jürgen«, sagte Hermann Fuchs, »was hast du gesehen und gehört?«

»Heute Morgen«, antwortete Jürgen, »waren Valentin und ich im Magazin. Wir hörten jemand die Außentreppe hinaufgehen. Dann hörten wir Lärm aus dem Kontor über uns. Zuerst klang es wie eine Prügelei und dann ...«

Er grinste und ließ die Worte in der Luft hängen.

»Und dann?«, fragte Hermann Fuchs ungeduldig.

»Es gibt keinen Zweifel«, sagte Jürgen. »Er schnaubte wie ein Stier und sie heulte wie eine Hündin.«

Jetzt war es totenstill im Saal. Das Einzige, was zu hören war, war ein nervöses Kichern, das von Gert kam, meinem Reisekameraden. Jemand brachte ihn sofort zum Schweigen.

»Wie lange«, fragte Hermann Fuchs, »war das Frauenzimmer im Haus?«

»Eine Stunde oder länger«, antwortete Jürgen. »Wir sahen sie gehen. Sie nahm die Innentreppe und schlich durch den Vorraum hinaus.«

»Er lügt!«, rief Meister Hinrich.

Hermann Fuchs wandte sich an Valentin.

»Hast du das auch gehört und gesehen?«

»Ja.«

»Befand sich noch jemand im Haus um diese Zeit? Klaus?«

»Nein, ich war beim Zimmermann, um Holz für die Reparatur der Treppe zu bestellen.«

Der Blick des Hofherrn fiel auf Simon und mich.

»Und ihr, Jungen«, sagte er, »ihr gehört doch auch zum Haushalt von Meister Hinrich. Wo wart ihr heute Vormittag?«

Ich hatte Angst. Würde ich gezwungen werden, gegen den Hausherrn auszusagen und zuzugeben, dass wir beide durch das Astloch gespäht hatten? Oder würde ich eine Sünde begehen, indem ich falsch aussagte vor dem Hofgericht? Ich beschloss, Simon die Entscheidung zu überlassen.

»Wir waren mit unseren Arbeiten im Haus beschäftigt«, sagte er einfach.

»Habt ihr eine Frau gesehen?«

»Ja«, sagte Simon.

»Erzähle«, sagte Hermann Fuchs.

»Da gibt es nicht viel zu erzählen«, sagte Simon. »Eine norwegische Frau besuchte meinen Hausherrn am Vormittag. Sie sprach einen kurzen Augenblick mit ihm im Kontor. Dann ging sie wieder.«

»Du hast nichts von den Unziemlichkeiten bemerkt, die dein Kamerad beschrieben hat?«

»Nein.«

»Wie war die Frau gekleidet?«

»Wie eine verheiratete Frau«, antwortete Simon. »Anständig, sie hatte den Kopf bedeckt.«

Hermann Fuchs sah mich an.

»Und du«, sagte er, »was hast du gesehen?«

»Dasselbe wie Simon«, antwortete ich rasch.

Ich sah Meister Hinrich an, während ich sprach; sah, wie sich Erleichterung über sein Gesicht breitete.

Der Hofherr wandte sich an ihn.

»Hast du heute den Besuch einer Frau empfangen, Hinrich Martens?«

Meister Hinrich zögerte.

»Vielleicht in Geschäftsangelegenheiten?«, half ihm der Hofherr auf die Sprünge.

»Ja«, sagte Meister Hinrich. »In Geschäften. Genau wie Simon und Mathias bezeugen.«

»Wer war sie?«

Meister Hinrich zögerte nicht mehr. Die Antwort kam sehr überzeugend.

»Eine Witwe, die Ware und einige andere Gegenstände verkaufen wollte, die ihrem Mann gehört haben.«

»Nun, und hast du Geschäfte mit ihr gemacht?«

»Nein. Die Geräte waren wertlos. Ich habe sie später am Tag geprüft. Ich mache keine Geschäfte mit Frauen.«

»Weder jetzt noch in Zukunft?«

»Nein.«

»Kann sie ihre Waren an jemand anderen verkaufen?«

»Ich hoffe es. Auch wenn sie ziemlich abgenutzt sind.«

»Gut«, sagte Hermann Fuchs und wandte sich an Jürgen.

»Was hast du zu dem zu sagen, was hier herausgekommen ist?«

»Es ist eine Lüge«, sagte Jürgen. »Er hat die Hausknechte dazu gebracht, falsch für ihn auszusagen.«

»Jürgen«, sagte der Hofherr, »ich weiß, du strebst nach Erfolg, und das ist nur gut und richtig. Aber du gewinnst nichts, wenn du deinen Hausherrn verleumdest. Nimmst du deine Zeugenaussage zurück? Oder möchtest du, dass wir die Sache untersuchen und dich bestrafen, falls du der falschen Zeugenaussage überführt wirst?«

»Ich nehme es zurück«, sagte Jürgen leise.

»Nun gut«, sagte Hermann Fuchs. »Lass in Zukunft nicht wieder deine Einbildung mit dir durchgehen. Und du, Berthold Hocker, glaub nicht voreilig an üble Nachrede. Man soll nicht ohne Grund Zwietracht säen zwischen seinen Nachbarn. Deine vier Schillinge hast du verloren. Hinrich Martens, du kannst deine Münzen nehmen.«

Jürgen ließ sich schwer fallen. Er sah Simon und mich an. Sein Blick war voller Hass.

Auf dem Heimweg hielten wir Abstand von ihm und Valentin. Ich sah, dass Klaus Simon einen forschenden Blick zuwarf, aber er sagte kein Wort über das, was geschehen war.

Als Jürgen die Fackel gelöscht hatte, näherte sich Meister Hinrich Simon und mir. Er steckte Simon etwas zu und suchte dann nach meiner Hand.

Ich spürte etwas Hartes, Rundes in der Hand. Eine Münze. Er hatte uns von den vier Schillingen abgegeben, die er zurückgewonnen hatte. Ich schloss die Hand so fest um die Münze, dass mir die scharfen Kanten ins Fleisch schnitten.

Erst als Simon und ich in unserem Bett lagen und Klaus die Klappe geschlossen hatte, wagte ich es, meine Hand zu öffnen. Simon hielt seine Münze zwischen den Fingerspitzen.

»Diese«, sagte er leise, »will ich nicht. Sie macht uns zu Lumpen genau wie Jürgen.«

Ich verstand ihn sofort. Es war, als ob das Geld uns beschmutzte. Indem wir es angenommen hatten, hatten wir uns an Meister Hinrich verkauft.

»Glaubst du«, fragte ich, »dass Jürgen von Meister Berthold Geld angenommen hat, um gegen Meister Hinrich auszusagen?«

»Warum hätte er es sonst tun sollen? Geld oder irgendein Versprechen. Arbeit als Geselle vielleicht, wenn er die Gesellenprüfung bestanden hat.«

»Niemand tut etwas umsonst«, sagte ich, »und wir ...«

»Still«, sagte Simon. »Vielleicht haben wir falsch gehandelt. Dann trage ich die größte Schuld. Aber getan ist getan. Und vielleicht gibt es Lügen, die weniger schlimm sind als die Wahrheit.«

Seine Stimme klang müde.

Getan ist getan. Die Münze war da, hart und wirklich, und wir konnten sie nicht loswerden.

»Wir zünden für die Münze ein Wachslicht in der Kirche an«, sagte ich. »Oder wir geben sie den Armen.«

Simon nickte.

»Wartet nur«, hörten wir Jürgens Stimme, »wartet nur, ihr kleinen Ratten. Euch werd ich's heimzahlen!«

Das Sündengeld, das wir von Meister Hinrich bekommen hatten, brannte lange in meiner und Simons Tasche.

Nach der Messe an Sankt Thomas nahmen wir endlich allen Mut zusammen und gaben es Pater Hans als Beitrag für die Speisung der Armen zu Weihnachten. Der Pfarrer schien ein wenig erstaunt zu sein über eine so reichliche Gabe von ein paar Knirpsen wie uns, fragte jedoch nichts. Ich hatte ihm meine Lüge gebeichtet, aber das Geld nicht erwähnt.

Ich bemerkte, dass Meister Hinrich uns beobachtete, während wir mit dem Pfarrer sprachen. Abends kam er zu uns ins Feuerhaus, als wir das Essen zubereiteten. Ich sah seinem roten Gesicht an, dass er schon viel getrunken hatte.

»Ihr beide«, nuschelte er, »ihr seid zwei richtige Tugendbolde. Hättet ihr das Geld nicht für einen ordentlichen Rausch benutzen oder euch eine Hure dafür kaufen können? Oder seid ihr noch solche Dummerchen, dass ihr Angst vor Frauen habt?«

»Oh nein«, sagte Simon, »wir …«

Aber Meister Hinrich schien weder zu hören, noch schien es ihn zu interessieren, was Simon sagte. Er fuhr in seinem eigenen Gedankengang fort: »Ich will euch was sagen, Jungen. Man braucht keine Angst vor Frauen zu haben. Man soll sie genießen, so sehr man nur vermag. Aber man soll sich nicht an sie binden. Daraus entsteht nur Unglück. Versteht ihr?«

Er schwankte. Ich fragte mich, wie es ihm gelungen war, so früh am Abend so betrunken zu werden.

Keiner von uns beiden antwortete. Da geschah etwas Seltsames. Dem Hausherrn strömten Tränen über die Wangen.

»Nur Unglück«, wiederholte er. »Nur Unglück.«

Im nächsten Augenblick war es so, als sei gar nichts passiert. Meister Hinrich straffte sich und wischte sich mit dem Ärmel übers Gesicht, als würde er Schweiß wegwischen.

»Hier ist es heiß wie in der Hölle«, sagte er mit gebieterischer Stimme. »Hört auf zu trödeln, seht zu, dass ihr mit dem Essen fertig werdet!«

Darauf drehte er auf dem Absatz um und ging.

»Was denkst du darüber?«, fragte ich Simon, als Meister Hinrich außer Hörweite war.

»Er leidet«, sagte Simon. »Ich mag unseren Hausherrn nicht, aber ich habe Mitleid mit ihm.«

»Weil er seine norwegische Mätresse verlassen muss?«

»Weil er nicht wählen kann, was er im tiefsten Innern wünscht«, sagte Simon. »Gib Gott, dass ich in seiner Stelle dazu in der Lage bin!«

Ich dachte darüber nach. Die Hausherren, die alle Macht hatten, waren auch sie keine freien Männer? Waren auch sie in einem Geflecht aus Regeln gefangen, das sie selbst geholfen hatten zu schaffen?

»Unser Hausherr ist ein schwacher Mensch«, sagte Simon. »Er glaubt, er kann es verbergen, indem er brüllt und schimpft. Kettenhunde kläffen am meisten, weißt du. Wölfe jagen stumm.«

Wölfe jagen stumm. Vor meinem inneren Auge tauchte ein Gesicht auf, ein menschliches Gesicht, das dem eines Wolfs mit gelben Augen glich. Meister Bertholds Gesicht.

»Warum will Meister Berthold ihm übel?«, fragte ich.

Simon zuckte mit den Schultern.

»Ich weiß es nicht. Ihre Feindschaft reicht weit zurück. Lange bevor irgendjemand von uns hier angekommen ist. Klaus sagt, Meister Hinrich habe vor drei Jahren einige der Nordlandfahrer von Bertholds Handelshaus zu unserem gelockt. Aber ich glaube, die Feindschaft hat tiefere Wurzeln.«

»Vielleicht«, sagte ich, »vielleicht waren sie einmal Freunde. Vielleicht haben sie im selben Haus gedient, als sie Jungen waren, wie du und ich. Dann ist ctwas passiert, eine Kränkung, die nie vergeben werden konnte. Die Rache gebar neuen Hass und neues Unrecht. Könnte es so gewesen sein, denkst du das?«

»Genau so«, sagte Simon. »Genau so muss es zugegangen sein.«

Tag für Tag warteten Simon und ich auf Jürgens Rache. Aber nichts geschah, wenn man kleineren Verdruss nicht zählte, wie dass eines Morgens der Stiel von einem Besen abgebrochen war. Wären Simon und ich einem strengeren Gesellen untergeordnet gewesen, wären wir dafür mit Prügel bestraft worden. Jetzt kamen wir leichter davon, wir mussten den Stiel nur ersetzen.

An einem anderen Tag war ich dabei, den Fußboden der Galerie zu scheuern, als Jürgen vom Magazin heraufkam. Er drängte sich an mir vorbei und stieß dabei den Eimer mit dem Scheuerwasser um. Das Wasser floss über den Dielenboden, sickerte in die Ritze und bildete eine schmutzige Pfütze dort, wo ich kniete.

Jürgen packte mich im Nacken und presste meinen Kopf zu Boden, dass meine Stirn in das Schmutzwasser tauchte.

»So macht man das mit jungen Hunden, die noch nicht stubenrein sind«, sagte er. »Vergiss das nicht!«

Im selben Augenblick, als Jürgen mich losließ, hörten wir, wie die Tür zu Meister Hinrichs Kontor geöffnet wurde.

»Ein Wort und du bist des Todes«, zischte Jürgen, bevor er die nächste Treppe hinaufstieg.

Die Augen des Hausherrn verengten sich zu Schlitzen, als das Dreckwasser seine Schuhe beschmutzte.

»Was soll das?«, brüllte er.

»Ich ... ich ...«, stammelte ich.

Jürgen drehte den Kopf auf der Treppe um. Er war außer Sichtweite von Meister Hinrich und sah mich an. Ich verstummte.

»Tölpel!«, schrie Meister Hinrich. »Kindskopf! Glaubst du, die Arbeit ist ein Spiel? Wisch das sofort auf!«

Mit dem Lappen in der Hand kroch ich auf ihn zu, wischte und wrang aus, wischte und wrang aus. Die durchnässten Hosenbeine klebten an meinen Knien. Splitter der groben Dielenbretter blieben in meinen Händen stecken. Ich musste einen erbärmlichen Anblick bieten, wie mir auch noch das Dreckwasser aus den Haaren tropfte.

Meister Hinrich versetzte mir einen ungeduldigen Tritt in die Seite.

»Aus dem Weg!«, brüllte er. »Siehst du nicht, dass ich hinaus will?«

Ich rutschte beiseite und ließ ihn vorbei, dachte, dass es mein Glück war, dass Meister Hinrich es eilig hatte, sonst hätte die Strafe härter ausfallen können.

Das Mädchen

Langsam kehrte das Licht in den Norden zurück. Gleichzeitig wurde es kälter. Nördliche Winde stachen in unsere Gesichter wie mit Nadeln aus Eis. Die Luft brannte beim Einatmen in den Lungen. Wenn Simon und ich Wasser holten, mussten wir unsere Hände mit Stofffetzen umwickeln, um nicht an den Griffen der Eimer festzufrieren. Die feuchte Kälte bedeckte den Holzbelag der Passagen mit einer Eishaut, und mehr als einmal rutschte ich auf meinen mit Holz besohlten Schuhen aus und vergoss den Inhalt des Eimers, den ich trug.

Nach mehreren Wochen Kälte schlug das Wetter erneut um. Die Tage wurden mild, es regnete und feuchter Nebel wallte vom Meer herein. Manchmal konnten wir kaum eine Armlänge vor uns sehen und mussten uns an den Hauswänden der Passage entlang tasten.

Kurz vor Mariä Verkündigung waren die Tage genauso lang wie die Nächte. Jetzt war es ein Jahr her, seit ich mein Zuhause, meine Eltern und Anna verlassen hatte. Aber mir kam es vor wie zehn Jahre oder wie ein ganzes Leben. Alles zu Haus schien so weit entfernt zu sein, so schattenhaft, als ob ich bis zu meinem vierzehnten Jahr in einem Traum gelebt hätte und jetzt in der Wirklichkeit erwacht wäre. Was es gab, das waren: Arbeit, Regeln, die täglichen Pflichten, die Anstrengungen des Körpers, die Macht der Hausherren, das Gefühl, unbedeutender Teil von etwas Großem, Unüberschaubarem zu sein. Hier war ich nicht mehr der Sohn oder Bruder von irgendwem; ich war Hinrich Martens' jüngster Hausknecht, der niedrigste Rang in seinem Haushalt, bis jemand anderer, noch jüngerer meinen Platz einnahm und ich eine Stufe auf der Leiter aufsteigen durfte.

Nur einer sah mich mit anderen Augen. Für Simon war ich Mathias, sein Freund, sein Bruder. In meinen Gebeten dankte ich Gott dafür, dass Er uns zusammengeführt hatte, und betete darum, Er möge uns nie trennen.

Die Handelssaison in Bergen begann Anfang Mai. In den Wochen davor war es, als ob die Stadt den Atem anhielte in Erwartung des Wirrwarrs von Segeln, Schiffen, Menschen und Bewegung. Wir Jungen mussten Katechismus und Wachstafeln beiseite legen. Betrübt dachte ich daran, dass es lange dauern würde, ehe ich meine Studien wieder aufnehmen konnte. Simon dagegen war erleichtert. Zwar hatte er im Lauf des Winters Fortschritte in der Kunst des Lesens gemacht, aber immer noch war seine Mühe größer als das Ergebnis.

Der Gedanke an die erwarteten Schiffe erfüllte mich mit starker Unruhe. Schon waren sie mit ihrer Ladung und mit neuen Jungen an Bord unterwegs von Lübeck. Sie würden ein oder zwei Wochen vor Anker liegen und dann in mein Heimatland zurückkehren.

Ich zerbrach mir den Kopf, um mir einen Fluchtplan zurechtzulegen. Inzwischen hatte auch ich die vielen Geschichten von Jungen gehört, die versucht hatten zu fliehen und die ergriffen und hart bestraft worden waren. Für mich selbst war ich viel eher bereit, das Risiko auf mich zu nehmen, als die langen Jahre, die hier vor mir lagen, zu ertragen. Aber ich wollte nicht ohne Simon gehen und ihn auch nicht zu großer Gefahr aussetzen.

Simon hatte jetzt fast drei Jahre lang als Hausknecht gedient und war nun also an der Reihe, Schiffsknecht zu werden. Das würde es ihm erleichtern, sich auf einem der Schiffe zu verstecken. Die Schwierigkeit bestand darin, wie ich an Bord kommen sollte. Und wie wir es anstellen sollten, uns lange genug verborgen zu halten. Vielleicht konnte Simon mich in einer Heringstonne an Bord schmuggeln, überlegte ich. Aber das Risiko war groß, dass jemandem die ungewöhnliche Ladung auffallen würde. Weder Jürgen noch Valentin würden sich scheuen uns zu verraten.

Meine Überlegungen offenbarte ich Simon nicht. Ich hoffte, ich würde schließlich einen Einfall haben, einen Geistesblitz, der die Gefahren aus dem Weg räumte und einen glücklichen Ausgang sicherte. Erst dann wollte ich Simon meinen Plan anvertrauen, und dann würde er nicht nein sagen können.

Vor Beginn der neuen Handelssaison hatte Meister Hinrich befohlen, in den Lagern aufzuräumen und die Waren zu verlegen. Die Arbeit eilte eigentlich nicht und Jürgen und Valentin hätten gut allein damit fertig werden können. Aber um Meister Hinrich zu gefallen, zog Klaus auch mich zu der Arbeit heran, während Simon die Hausarbeiten allein erledigen musste.

Eines Nachmittags arbeiteten Jürgen, Valentin und ich auf einem der Magazinspeicher. Wir hatten Unmengen von Trockenfisch von einem anderen Lagerraum hinaufgetragen und waren jetzt dabei, den Fisch aufzustapeln. Der Geruch, der Staub und die harte Arbeit ermüdeten mich und ich sah mit Freuden, dass es anfing zu dämmern. Bald war der Arbeitstag zu Ende.

Da bemerkte ich, dass Jürgen und Valentin einander ansahen und grinsten. Plötzlich packte Jürgen mich im Nacken.

»Nun, Mathias«, sagte er, »ist das Hundchen ein bisschen gewachsen im letzten Jahr?«

Ich nickte eifrig, so gut es ging mit seiner eisernen Pranke in meinem Nacken.

»Dann lass sehen«, sagte Jürgen.

Ich wehrte mich mit Händen und Füßen und schlug wild um mich, aber Jürgen bog meine Arme nach hinten, so dass mir vor Schmerz die Tränen in die Augen stiegen. Valentin löste meine Hose und ließ sie zu Boden fallen. Mit einem verächtlichen Ausdruck im Gesicht griff er nach meinem Glied.

»Ein Kerl ist er noch nicht«, sagte er. »Es muss ein missgestaltetes Frauenzimmer sein.«

»Weißt du nicht, Mathias«, zischte Jürgen mir ins Ohr, »dass Frauenzimmer hier auf dem Anleger Hausverbot haben? Weißt du, was wir machen, wenn wir hier trotzdem eins antreffen?«

»Ihr werft es in die Bucht«, antwortete ich keck, denn das hatte Simon mir erzählt, und das erschien mir als ein milderes Schicksal als weiterhin allein mit Jürgen und Valentin auf dem Speicher zu bleiben.

»Ach, möchtest du schwimmen?«, fragte Jürgen.

»Beim letzten Mal hattest du es nicht so eilig, ins Wasser zu kommen. Schwimmen sollst du dürfen, wenn du willst. Aber bevor wir das Frauenzimmer in die Bucht werfen, wollen wir uns mit ihm verlustieren. Da Valentin mein Freund ist, darf er anfangen.«

Valentin lächelte sein schiefes Lächeln und begann, seine Hose zu lösen. Das war das Letzte, was ich sah, bevor Jürgen mich mit dem Gesicht voran auf den Haufen Trockenfisch drückte. Mit Entsetzen erinnerte ich mich an meinen Traum, in dem ich unter dem Trockenfisch begraben wurde. Halb erstickt zappelte ich vergeblich in Jürgens hartem Griff.

»Schwimm du nur zwischen all den anderen Fischen«, sagte Jürgen an meinem Ohr.

Hinter mir näherte sich Valentin.

»Nein, nein«, wimmerte ich. »Nein, nein!«

Da ertönten Schritte auf der steilen Treppe, die zum Speicher führte. Jürgen ließ mich blitzschnell los.

»Die Hosen rauf!«, keuchte er.

Aber ich war wie gelähmt und konnte mich nicht vom Fleck rühren. Jürgen packte mich und riss mich von dem Fischstapel hoch.

»Lass ihn los!«

Es war Simon. In seiner rechten Hand blitzte ein Messer.

Valentin machte ein paar Schritte rückwärts, stolperte über einen Haufen Fische und setzte sich hin, die Hose hing ihm um die Fußgelenke.

»Ruhig«, sagte Jürgen. »Es ist nichts passiert. Wir haben nur gespielt, oder, Mathias?«

Ich gab keine Antwort. Meine Scham war zu groß.

»Ich kenne eure Spiele«, sagte Simon. »Jetzt sage

ich dir etwas, Jürgen, wenn du oder Valentin noch einmal Hand an Mathias legt, dann werde ich euch töten. Das mag mich kosten, was es will, und sollte es das Leben sein. Versteht du? Und du, Valentin?«

Ich erkannte Simons Stimme kaum wieder. Sie war dunkler und fester als sonst, leise und dennoch nachdrücklich, so dass jedes Wort wie ein Pfeil durch die Luft schoss.

Vielleicht war es mehr die Stimme, die Eindruck auf Jürgen machte, als die Worte. Jedenfalls ließ er mich los und schob mich auf Simon zu.

»Nimm ihn«, sagte er.

Simon gab mir ein Zeichen, die Treppe hinunterzugehen.

Im selben Augenblick fügte Jürgen höhnisch hinzu: »Ich verstehe, dass du ihn für dich allein haben möchtest. So ein süßes Bürschchen.«

Simon holte mit dem Messer nach ihm aus. Jürgen glitt beiseite, erstaunlich leicht für seinen plumpen Körperbau, und trat nach Simons Hand. Und traf. Das Messer fiel Simon aus der Hand und rutschte über den Boden.

Valentin war auf die Füße gekommen und hatte seine Hose hochgezogen. Er näherte sich Jürgen und dem waffenlosen Simon.

»Jetzt ist dir die Unverschämtheit wohl vergangen«, sagte Jürgen. Er zog sein eigenes Messer aus dem Gürtel und wog es in der Hand. »Wollen wir ein bisschen mit ihm spielen, Valentin?«

Die beiden umkreisten Simon, der sie sich mit den Händen vom Leib zu halten versuchte.

Was soll ich tun?, dachte ich verzweifelt. Selbst wenn Jürgen sein Messer nicht gezogen hätte, Simon und ich wären den beiden anderen, die größer und stärker waren als wir, unterlegen gewesen.

Da fiel mir Simons Messer ein. Es lag nur ein paar Armlängen vom Treppenaufgang entfernt, wo ich stand. Ich legte mich auf den Fußboden und robbte mich zum Messer. Mit ihm in der Hand richtete ich mich auf.

Jürgen und Valentin kehrten mir den Rücken zu. Nur Simon sah, wie ich den Arm hob und ein paar Schritte vorwärts machte.

»Nein, Mathias!«, schrie er. »Nein, tu's nicht!«

Jürgen wirbelte herum. Mit einem Ausdruck des Erstaunens sah er mich an und brach in Gelächter aus.

»Stich doch zu!«, höhnte er. »Stich zu, Mathias!«

Ich stand mit erhobenem Messer da und wusste, dass Jürgen Recht hatte. Ich hätte es nicht über mich gebracht, es zu tun. Nicht einmal für Simon.

Da hörten wir Schritte auf der Treppe. Jürgen steckte sein Messer zurück in den Gürtel. Ich ließ das von Simon zu Boden fallen und stellte den Fuß darauf.

»Was ist hier los?«

Klaus' Stimme klang klar und kühl.

»Nichts.«

Es war Jürgen, der antwortete.

»Simon?«

»Nein, nichts.«

Ich weiß nicht, wie viel Klaus begriff von dem, was passiert war. Am nächsten Tag ließ er mich jedenfalls wieder mit Simon zusammenarbeiten.

An einem hellen und schönen Aprilmorgen schickte mich Meister Hinrich zum Schuhmacher, um ein Paar neue Schuhe abzuholen, die er dort bestellt hatte. Die Abreise unseres Hausherrn näherte sich, und er rüstete sich, um wie ein Herr nach Lübeck zurückzukehren, in neuen, kostbaren Kleidern.

Unter dem Vorwand, dass seine eigenen Stiefel geflickt werden müssten, überredete Simon Klaus, mich begleiten zu dürfen. Wir konnten nur selten frei in der Stadt herumstreifen. Häufig bewegten wir uns tagelang nur in den engen Passagen zwischen den Höfen. Vom verlockenden Leben auf der Oberen Straßen sahen wir selten mehr als einen Schimmer. Nur an einem Morgen wie diesem, als wir mit einem besonderen Auftrag hinausgeschickt wurden, hatten wir Gelegenheit dazu.

In der Luft war eine Milde, ein frischer Duft, der sich mit den Gerüchen der Straße mischte. Der Morgennebel hatte sich aufgelöst und hing in Fetzen um die Berggipfel unter einem im Übrigen klarblauen Himmel.

Ich holte mehrmals tief Luft.

»Der Frühling«, sagte ich zu Simon.

Er lächelte.

»Zu Hause pflügen sie jetzt die Erde«, antwortete er.

»Die Lerchen singen über den Feldern.«

»Die Knospen an den Bäumen brechen bald auf.«

»Meine Schwester steht an der Hausecke und späht über die Felder«, sagte ich. Ich weiß nicht, warum ich das gesagt habe.

»Nach was?«

»Ich weiß nicht. Sie sehnt sich fort.«

»Die Sehnsucht«, sagte Simon. »Sich fortsehnen und sich nach Hause sehnen. Das ist schon verwunderlich.«

Aus den Bäckereien, an denen wir gerade vorbeikamen, drang ein lieblicher Duft nach frisch gebackenem Brot. Die Metzgereien auf der anderen Seite der Straße dagegen verbreiteten einen scharfen Gestank nach Eingeweiden und frischem Blut.

»Hast du dich fortgesehnt«, fragte ich, »als du noch zu Hause lebtest?«

Simon runzelte die Stirn. Ihm war anzusehen, dass er sorgfältig nachdachte, bevor er antwortete.

»Ich habe mich gesehnt«, sagte er, »aber ich glaube nicht, dass ich mich nach einem anderen Ort gesehnt habe. Es war eine Sehnsucht …«

Er verstummte.

»Ja?«, sagte ich. »Eine Sehnsucht?«

Simon antwortete nicht. Er war stehen geblieben, wie mitten im Schritt erstarrt. Ich drehte mich um und sah ihn an. Sein Blick war auf etwas hinter mir gerichtet.

»Simon?«, sagte ich.

Er antwortete nicht. Ich drehte mich um und folgte seinem Blick quer über die Straße.

Bei den Schuppen der Kammmacher stand ein Mädchen in einem einfachen blauen Kleid. Simon starrte sie an, als ob er einen Engel erblickt hätte.

»Simon?«

Er machte eine abwehrende Geste.

»Warte«, murmelte er.

Wie ein Schlafwandler ging er auf das blau gekleidete Mädchen zu, blieb vor ihr stehen und sagte etwas, das ich nicht verstehen konnte.

Simon verliebt sich!

Ich sah nichts Besonderes an dem Mädchen. Ihre dicken weizenblonden Haare hingen ihr in zwei Zöpfen über die Schultern. Einige Haarsträhnen hatten sich gelöst und ringelten sich ungebändigt um ihre Stirn. Sie hatte eine lustige Stupsnase und einen breiten Mund mit weißen Zähnen, die leuchteten, als sie Simon anlächelte.

Das Ungewöhnlichste an ihr waren ihre Augen. Sie waren dunkelblau, fast schwarz, und standen weit auseinander, was ihrem Gesicht einen ganz besonderen Ausdruck verlieh.

In der Hand hielt das Mädchen einen Kamm aus Horn, den sie vom Tresen genommen hatte, auf dem der Kammmacher seine Waren ausgebreitet hatte. Sie fuhr mit den Fingerspitzen über die Kammzinken, während sie mit Simon sprach. Ich hörte weder ihre Worte noch seine Antworten.

Simon grub in seiner Tasche. Plötzlich legte er ein paar Münzen auf den Tresen. Das Mädchen schüttelte abwehrend den Kopf, aber der Kammmacher nahm die Münzen entgegen, und dabei blieb es. Der Kamm verschwand in dem kleinen Lederbeutel, den das Mädchen am Gürtel trug.

Ich wusste, welche Münzen Simon verschwendet hatte. Es war das Geld, von dem wir die Reparatur seiner Stiefel bezahlen sollten.

In der Hoffnung, noch mehr Unheil zu verhindern, rief ich laut: »Simon!«

Er drehte sich zu mir um. Vom Ausdruck seines Gesichts konnte ich ablesen, dass er mich vollständig vergessen hatte und sich jetzt erst erinnerte, dass wir beide zusammen unterwegs waren.

»Ich komme!«, rief er zurück.

Er sagte noch etwas zu dem Mädchen, drückte ihre Hand und kehrte zu mir zurück.

»Bist du noch bei Sinnen?«, sagte ich. »Warum hast du ihr dein Geld gegeben? Kennst du sie?«

»Ich habe sie noch nie gesehen«, sagte Simon. »Trotzdem habe ich das Gefühl, als würde ich sie schon mein ganzes Leben kennen. Als würde ich sie kennen oder als hätte ich mich nach ihr gesehnt.«

»Wie willst du nun deine Stiefel reparieren lassen?«

»Ich werde wohl barfuß gehen müssen«, sagte Simon. »Es ist ja ohnehin bald Sommer.«

Seine Stimme klang sorglos. Eine kalte Hand legte sich um mein Herz und wrang es, wie man einen Scheuerlappen auswringt.

»Warum hast du ihr den Kamm geschenkt?«, beharrte ich.

»Er gefiel ihr«, sagte Simon. »Sie hatte kein Geld, um ihn sich zu kaufen. Hast du noch nie jemandem etwas schenken wollen?«

»Keinem Fremden«, antwortete ich und hörte selbst, wie kindisch störrisch meine Stimme klang.

»Mathias, schimpf nicht mit mir«, sagte Simon. »Nicht jetzt, wo mir so leicht ums Herz ist.«

Ich schwieg. Seite an Seite gingen wir weiter zum Viertel der Schuhmacher. Aber wenn wir vorher zusammen gegangen waren im Takt mit dem Schritt und den Gedanken des anderen, so ging jetzt jeder für sich allein. Ich war erfüllt von dunkler Unruhe, Simon versunken in einem Entzücken, das mich aussperrte.

Ich versuchte mir einzureden, dass eigentlich nichts passiert war. Simon hatte einen Einfall gehabt und einem hübschen fremden Mädchen einen Kamm geschenkt. Dann war jeder in seine Richtung gegangen. Sie würden sich vermutlich nicht wiedersehen. Dafür sorgten die Regeln, die unser Leben auf dem Anleger bestimmten. Und das Mädchen hatte sicher auch jemanden, der über sie wachte, jemand, der nicht zuließ, dass sie mit einem der nicht wohlgelittenen Deutschen herumlief. Eine Hure war sie nicht, nach ihrer Kleidung und ihrem Benehmen zu urteilen. Eine Magd oder die Tochter eines armen Handwerkers, so sah sie aus. Eine von Hunderten Mädchen in der Stadt.

Warum musste ausgerechnet sie uns über den Weg laufen? Ich wünschte sie dorthin, wo der Pfeffer wächst.

»Sie heißt Jorunn«, flüsterte Simon mir an dem Abend nach der Begegnung mit dem Mädchen in Blau zu.

»Jorunn«, sagte ich. »Das klingt nicht wie ein Frauenname.«

»Und ob sie eine Frau ist«, sagte Simon lachend. »Ich finde, der Name klingt schön. Jo-runn. Er passt zu ihr. Weich und gleichzeitig kraftvoll.«

»Er klingt heidnisch«, sagte ich.

»Was redest du da«, sagte Simon ärgerlich. »Die Norweger sind genauso Christen wie wir.«

Er sagte nichts mehr, und bald hörte ich an seinen regelmäßigen Atemzügen, dass er schlief.

An den darauf folgenden Tagen war Simon guter Laune. Er lachte mehr als sonst und schien die Arbeit ohne Anstrengung zu erledigen, wie ein Spiel. Aber während seine Lebenslust mich früher angesteckt und auch mein Leben erleichtert hatte, wurde ich immer schwermütiger angesichts Simons Freude.

Ich hatte keinen Anteil daran.

Es war nicht etwa so, dass Simon mich anders als früher behandelte. Er war genauso brüderlich und freundlich wie immer. Aber ich wusste, dass nicht mehr ich es war, der seinem Herzen am nächsten stand.

Das war jetzt Jorunn.

Auf dem Dorfanger mitten im deutschen Teil der Stadt lag die Kaufmannshütte. Von dort lenkten die sechs Ältesten und ihre achtzehn Beisitzer, die unter den deutschen Hausherren ausgewählt worden waren, den ganzen Anleger. Hermann Fuchs, unser Hofherr, war einer der achtzehn, und es hieß, er werde wohl Ältester werden, wenn ein Platz frei wurde.

Im ersten Stock der Kaufmannshütte herrschten Ernst und Macht. Aber im unteren Geschoss war der Weinkeller der Stadt untergebracht. Dorthin kamen Deutsche wie Norweger und auch Kaufleute anderer Nationen, die Bergen besuchten.

Jeder hatte Zutritt zum Weinkeller. Aber für uns Jungen mit dem mageren Lohn war es undenkbar, auch nur so viel wie einen Becher von dem teuren Wein zu trinken. Wir mussten uns mit dem Bier in der Gemeinschaftshalle des Hofes oder dem begnügen, was es in den einfacheren Schenken entlang der Oberen Straße gab. Diese Schenken waren Stammplätze der älteren Jungen. Die Gesellen gingen in den Weinkeller, wenn sie bei Kasse waren, sonst zu den Wirtshäusern an der Oberen Straße.

Unser Hausherr, Hinrich Martens, war ein Mann, der Wein und Bier nicht vertrug. Die starken Getränke stiegen ihm zu Kopf und ließen ihn noch schlechter gelaunt und streitlustiger sein als sonst. Häufig mussten Klaus oder einer der anderen Hausherren auf dem Hof dafür sorgen, dass Hinrich aus dem Weinkeller nach Hause kam. An solchen Abenden konnten wir Jungen ihn auf dem Weg ins Bett fluchen und grölen hören.

Je näher die Zeit der Ankunft der deutschen Schiffe kam, umso unbändiger wurde Meister Hinrich nach einigen Bechern Wein. Alle wussten, dass seine Mätresse am Karfreitag ein wohlgestaltetes Kind geboren hatte, selbst aber war sie eine Woche später im Kindbettfieber gestorben. Doch wer weiß, ob das Gerücht die Wahrheit besagte?

Eines Sonntags nach dem Abendlied ging Meister Hinrich mit anderen Hausherren zum Weinkeller. Klaus war auch unter ihnen und erzählte uns Jungen später, was geschehen war.

Meister Hinrich hatte einen Becher nach dem anderen geleert, obwohl mehrere seiner Freunde ihn gebeten hatten, maßvoll zu bleiben. In seinem betrunkenen Zustand hatte er dann einen Norweger entdeckt, der zur Verwandtschaft seiner Mätresse gehörte. Meister Hinrich war zu dem Mann hingegangen und hatte ihn angesprochen. Klaus hatte nicht gehört, was gesprochen wurde, und wusste nicht, ob Meister Hinrich absichtlich Händel mit dem Norweger suchte oder ob der Streit auf andere Weise entstanden war. Plötzlich jedenfalls hatten beide Männer ihre Messer gezogen. Meister Hinrich hatte den anderen an der Schulter verletzt. Im nächsten Augenblick hatte er selbst mit einer tiefen Wunde in der Brust auf dem Boden gelegen.

Auf einer Trage aus Stöcken und einem Tischtuch, das befleckt war von Wein und Blut, wurde Meister Hinrich nach Hause getragen und in sein Bett gelegt. Er war nur zeitweise bei Bewusstsein, fantasierte und redete unzusammenhängend.

Ein heilkundiger Mönch wurde gerufen. Er verband die Wunde und braute einen Trank aus Kräutern, der dem Kranken löffelweise eingeflößt werden sollte. Aber nach einigen Stunden trug der Mönch Klaus auf, einen Priester zu rufen, der Meister Hinrich die letzte Ölung verabreichen sollte. So schlecht stehe es um ihn, sagte der Mönch.

Der Priester kam und gab Meister Hinrich die Sakramente. Wir vier Jungen und Klaus saßen zusammen in der Außenhütte. Durch die Tür zu Meister Hinrichs Zimmer hörten wir den Priester leise lateinische Wörter murmeln und nahmen den süßen Duft nach Weihrauch wahr.

Die ganze Nacht wachten wir, während unser Hausherr zwischen Leben und Tod schwebte. Vor diesem Hintergrund war es, als ob sich alle Feindseligkeit zwischen uns auflöste. Und an den Mann, der dort drinnen lag, dachten wir nicht mehr als den strengen, launischen Hausherrn, nein, nur wie an einen Menschen, der mit dem Tode rang.

In der Dämmerung trat der Mönch zu uns in die Außenhütte. Er wusch seine Hände in der Wasserschüssel an der Wand und bat um ein Stück Brot. Wir warteten; niemand sagte etwas. Schließlich brach der Mönch das Schweigen.

»Er lebt«, sagte er. »Er ist sehr schwach, aber ich glaube, er wird durchkommen. Es war sein Glück, dass weder das Herz noch die Lunge vom Messer verletzt wurden.«

»Das ist das Verdienst des heiligen Christophorus«, sagte Simon.

Jürgen schnaubte verächtlich, aber der Mönch lächelte.

»Meinst du, mein Sohn?«, sagte er. »Es freut mich zu hören, dass es auch auf dem deutschen Anleger fromme Menschen gibt.«

Er wandte sich an uns andere.

»Ihr wisst wohl, dass der heilige Christophorus gegen den bösen schnellen Tod schützt? Wer ein Bild von ihm gesehen hat, wird am selbigen Tag nicht sterben.«

»Meister Hinrich war gestern in der Messe«, sagte ich. »Da muss er das Bild vom heiligen Christophorus in der Marienkirche gesehen haben.«

»Du sprichst ein wahres Wort«, antwortete der Mönch.

Er zerkrümelte das letzte Stück Brot in der Hand und steckte die Brosamen in den Mund.

»Heute Abend komme ich wieder«, sagte er. »Wenn es ihm inzwischen schlechter geht, ruft mich.«

Es war eine seltsame Zeit, während Meister Hinrich auf dem Krankenbett lag. Wir Jungen gingen im Haus auf Zehenspitzen umher, um den Kranken nicht zu stören. Jemand musste ständig bei ihm sein und ihn pflegen. Klaus ließ uns Jungen mehr Freiheit als sonst und verlangte nur, dass wir die notwendigsten Arbeiten erledigten.

Ich hätte diese Freiheit gern dazu benutzt, um den Frühling in Simons Gesellschaft zu genießen. Wir hätten zusammen in den Wald gehen und uns ausnahmsweise einmal frei bewegen können, Wasser aus den Frühlingsbächen trinken und die Vögel singen hören.

Aber Simon hatte keine Zeit, mit mir in den Wald zu gehen. Jeden freien Moment verbrachte er mit Jorunn oder mit den Gedanken an sie. Er kannte all ihre Gewohnheiten; wusste, wann es für sie Zeit war, Wasser aus der Quelle hinter der Nikolaikirche zu holen, und zu welcher Zeit ihre alten Bauersleute schlafen gingen. Jede Gelegenheit, einen Augenblick mit Jorunn zusammen zu sein, nahm er wahr und schlich zu ihr. Ständig redete er von ihr, nur von ihr.

Ich kämpfte mit ganz unterschiedlichen Gefühlen. Natürlich freute ich mich für Simon. Wie sollte ich das nicht, wenn seine Augen strahlten und er so vertraulich mit mir sprach, als ob ich wirklich sein Bruder wäre?

Die Freude zeigte ich Simon, aber die dunklen Gedanken behielt ich für mich. Ich konnte meinem Freund doch nicht erzählen, dass sein Glück ein spitzer Dorn war, der mein Herz zerfleischte. Ich konnte ihm doch nicht sagen, dass schwärzeste Verzweiflung meine Seele erfüllte, wenn er vor Freude strahlte?

Meister Hinrich war so weit wieder hergestellt, dass er aufrecht im Bett sitzen und mit herrischer Stimme Befehle erteilen konnte. Erneut war er der Hausherr, der seine Abreise vorbereitete und alles ordentlich hinterlassen wollte.

Ich hatte geglaubt, ein Mensch, der knapp dem Tod

entronnen war, würde sich verändern, aber Meister Hinrich war wie früher. Ungeduldig riss er an der Glockenschnur, um Simon oder mich zu rufen; wütend fauchte er Klaus an, wenn etwas nicht so ausgeführt worden war, wie er es angeordnet hatte.

Sonderbare Gerüchte gingen über die Messerstecherei um, die unseren Hausherrn fast das Leben gekostet hätte. Es hieß, Meister Berthold sei gesehen worden, wie er mit dem Gegner gesprochen hatte, und dass er kurz vor dem Streit Meister Hinrich beiseite genommen habe, um ihm etwas zu erzählen. Niemand hatte gehört, was gesprochen worden war, aber Meister Hinrich hatte erregt gewirkt und sich sofort zu dem Norweger gedrängt.

Die Gerüchte wurden von Haus zu Haus weitergetragen, von Hof zu Hof und über den ganzen Anleger. Aber Meister Hinrich selbst schwieg wie ein Grab.

Der Brand

Jürgen war auch wortkarg und schlecht gelaunt. Er wäre an der Reihe gewesen, in diesem Frühling die Gesellenprobe abzulegen, aber da das Haus einen neuen Verwalter bekommen würde, hatten Meister Hinrich und die anderen Hausherren beschlossen, dass es das Beste war, die Prüfung noch ein paar Monate aufzuschieben und alles so zu lassen, wie es war. Jürgen musste also noch eine Weile als Schiffsknecht weiterarbeiten, und Simon, der seinen Dienst hätte übernehmen sollen, blieb Hausknecht. Das Haus hatte keinen Platz für mehr als vier Jungen, und allein konnte ich all die Arbeit nicht bewältigen, die den Hausknechten oblag.

Simon nahm es mit Gleichmut hin, obwohl ich wusste, dass er sich darauf gefreut hatte, zu den Älteren zu zählen, den richtigen Arbeitern. Selbst empfand ich Gram und gleichzeitig Freude. Gram darüber, dass meine Fluchtpläne durchkreuzt wurden und ich mit Nachdenken von vorn anfangen musste; Freude darüber, dass Simon und ich weiter zusammenarbeiten konnten.

Als die Frühlingsschiffe aus Lübeck mit neuen Jungen an Bord vor Anker gingen, kam also kein Neuer in unser Haus. Auch Meister Hinrichs Nachfolger fand sich nicht ein, wie man erwartet hatte. Der Prinzipal und zukünftige Schwiegervater unseres Hausherrn schickte stattdessen einen Brief, in dem er mitteilte, dass der Nachfolger erst im Sommer erwartet werden konnte. Er überließ es Meister Hinrich zu entscheiden, ob er auf diesen warten oder die Aufsicht über das Haus in der Zwischenzeit einem anderen übertragen wollte.

Meister Hinrich knurrte unzufrieden, und uns war klar, dass ihm der Brief einen Strich durch die Rechnung gemacht hatte. Nach allem, was geschehen war, wollte er Bergen selbstverständlich so schnell wie möglich verlassen.

Schließlich wurde entschieden, dass Meister Hinrich auf einem der Schiffe, das nach Lübeck zurückkehrte, mitfahren würde. Klaus würde die Verantwortung für die tägliche Arbeit übernehmen, bis der Nachfolger eintraf.

Als die Entladung der Schiffe jetzt richtig in Gang kam, hatte Simon immer weniger Gelegenheit, Jorunn zu treffen. Ich sah, dass er darunter litt. Er wurde blasser und sein fröhliches Lachen war immer seltener zu hören.

Es geschah, dass ich dachte, Jorunn sei eine Hexe. Dass sie Simon vom ersten Moment an, als er sie erblickte, verhext hatte. Wie sonst war es ihr gelungen, solche Macht über ihn zu bekommen?

Aber im tiefsten Innern wusste ich, dass Simons Zuneigung zu Jorunn nichts mit Zauberei zu tun hatte.

An einem stillen grauen Morgen kurz vor Pfingsten standen Simon, Klaus und ich auf dem Kai und sahen Meister Hinrich Martens ins Boot steigen. Jürgen und Valentin saßen bereits an den Rudern. Für unseren Hausherrn war es Zeit für die Abreise.

Meister Hinrich bewegte sich plump und vorsichtig. Immer noch war er nach dem Messerstich nicht wieder richtig hergestellt. Er setzte sich achtern hin, nachdem er seinen Mantel unter sich ausgebreitet hatte. Jürgen und Valentin tauchten die Ruder ins Wasser. Langsam bewegte sich das Boot zu dem wartenden Schiff, das auf Reede lag.

So brach mein Hausherr im Jahr der Gnade 1476 von Bergen auf, um niemals zurückzukehren. Zurück ließ er zwei mutterlose Kinder, die ihren Vater nie kennen lernen würden.

»Mathias«, flüsterte Simon mir eines Nachts zu. »Mathias, schläfst du?«

Ausnahmsweise war ich tatsächlich vor ihm eingeschlafen.

»Nein, ich bin wach«, sagte ich.

»Mathias«, wiederholte er, »ich sage dir dies, weil du mein bester Freund bist, mein einziger Freund und Bruder. Du bist der Einzige hier, dem ich vertraue. Versprichst du mir, mich nicht zu verraten?«

Ich war immer noch schlaftrunken, aber ich merkte, dass Simon mir etwas Wichtiges zu sagen hatte.

»Ich verrate dich nie. Das schwöre ich bei der Jungfrau Maria und allen Heiligen.«

Simon schwieg eine Weile. Ich lag still in der Dunkelheit und fragte mich, was nun kommen würde.

Als er schließlich sprach, sprudelten die Worte plötzlich wie ein Frühlingsbach, der seinen Damm durchbricht.

»Ich muss weggehen, Mathias«, sagte er. »Ich halte es nicht mehr aus. Sie sollen mich ruhig jagen. Bevor der Sommer zu Ende ist, gehe ich weg.«

Mein Herz füllte sich mit Jubel. Simon hatte dasselbe gedacht wie ich! Vielleicht war ihm sogar eine Lösung eingefallen, wo ich bei meinem Fluchtplan nicht weitergekommen war.

»Wie, Simon? Wie?«

Er schien nicht zu hören.

»Weit weg, Mathias. Irgendwohin, wo man keine Angst zu haben braucht.«

»Wo gibt es einen solchen Ort, Simon?«, flüsterte ich.

»Ich weiß nicht. Aber wir werden ihn finden.«

»Ja«, sagte ich. »Das werden wir.«

Simon holte tief Luft.

»Mathias«, sagte er, »wir können nicht beide gehen, dann würden sie es sofort merken. Du musst bleiben und mir helfen, Zeit zu gewinnen. Willst du das tun, mein Freund?«

Da begriff ich. Mit Jorunn wollte er weggehen. Das »Wir« galt Simon und Jorunn.

Die Pein zog mir mein Herz zusammen.

Er geht weg, dachte ich. Er und Jorunn schaffen sich zusammen einen kleinen Hof. Sie bekommen viele Kinder. Sie leben glücklich. Wir werden uns nie mehr wiedersehen.

Was soll aus mir werden?

Die Bitterkeit überwältigte mich fast. Tränen stiegen in mir auf, aber ich schluckte sie hinunter. Vor diesem neuen Simon wollte ich nicht weinen.

»Ja«, sagte ich. »Ich tue alles für dich, Simon.«

»Da ist noch etwas«, sagte er. »Es ist das Beste, du erfährst es. Jorunn trägt mein Kind. Ich werde mich nicht wie Meister Hinrich verhalten. Das Kind ist meins und es soll einen Vater haben. Und sollte es, was Gott verhindern möge, Jorunn genau so schlecht ergehen wie der Mätresse unseres Hausherrn, dann werde ich auf jeden Fall an ihrer Seite bleiben bis zu ihrem Tod.«

Simons Stimme klang plötzlich anders, nicht mehr wie die eines Jungen, sondern wie die eines erwachsenen Mannes. Er umarmte mich. Es war das erste Mal, dass er mich in die Arme nahm. Mein Blut klopfte und mein Körper füllte sich mit Wollust.

Es währte nur einen Augenblick. Dann ließ Simon mich los. Mich fror, als sein warmer Körper ein Stück von mir abrückte.

Wenn es Jorunn gewesen wäre, die er in seinen Armen gehalten hätte, hätte er es nicht so eilig gehabt, sie loszulassen, dachte ich bitter.

Das Wasserspiel und das Rauchspiel wurden mit den Neuankömmlingen genauso gespielt wie im vergangenen Jahr mit uns. Mich ekelte all die Grausamkeit. Besonders eklig kam es mir vor, dass viele der Jungen ein großes Vergnügen darin zu finden schienen, die Jüngeren und Schwächeren zu quälen. Ich hielt mich am Rand und beteiligte mich so wenig wie möglich.

Einige Tage vor dem Burgspiel vertraute Simon mir seinen Plan an. Er wollte das Gastmahl nach dem Spiel nutzen, um sich unbemerkt davonzustehlen.

»Ich warte, bis alle betrunken sind«, sagte er, »und bis es dunkel wird. Dann schleiche ich mich zurück zum Haus, um meinen Besitz zu holen. Bis kurz vor der Dämmerung halte ich mich versteckt. Wenn jemand nach mir fragt, sag, ich sei betrunken und schlafe wohl irgendwo meinen Rausch aus. An so einem Abend geben sie sich damit zufrieden. Jorunn und ich treffen uns an der Quelle oberhalb der Nikolaikirche und gehen dann über den Berg.«

»Aber wenn ihr euch verirrt?«, wandte ich ein.

»Jorunn stammt aus einem Dorf, das ist zwei Tagesreisen entfernt. Sie ist den Weg über den Berg schon viele Male gegangen. Wir wollen zu ihrem Dorf gehen. Ihre Eltern sind tot, aber sie hat noch Verwandte dort. Wenn die sehen, dass sie schwanger ist und dass ich gesund und stark bin, dann helfen sie uns sicher, ein Stückchen Acker zu bekommen.«

Ich nickte. Was Simon sagte, klang einleuchtend.

Er legte einen Arm um meine Schultern.

»Sei nicht traurig, Mathias. Wir werden uns wiedersehen. Da bin ich ganz sicher. Vielleicht wirst du Pfarrer hier in Norwegen. Du könntest mit Vater Hans sprechen, ob er nicht versuchen will, dich aus dem Dienst auszulösen. Die Kirche hat große Macht, weißt du.«

Nichts schien Simons kindlichen Glauben, dass alles zum Besten geregelt würde, erschüttern zu können. Ausnahmsweise fühlte ich mich älter und klüger als er. Die mächtige Kirche würde doch nicht eingreifen, um mich unbedeutendes Wesen zu befreien, und schon gar nicht die Pfarrer in der Marienkirche, die vom Wohlwollen der deutschen Kaufleute abhängig waren.

Aber später, als alles vorbei war, dachte ich, dass Simon womöglich gar nicht so gutgläubig war. Vielleicht hatte er mich nur trösten wollen. Ahnte er schon, dass das Schicksal weder seine noch meine Träume erfüllen würde?

Der Tag vor dem Burgspiel kam mit schwarzen Schauern, Donnergrollen und peitschendem Regen. An einem anderen Ort hätte ich das als böses Omen gedeutet, aber in Bergen waren Unwetter so gewöhnlich, dass man sie kaum beachtete.

»Das ist gut«, sagte Simon. »Wer will schon bei solchem Wetter nach mir oder Jorunn suchen?«

Wir liefen Seite an Seite durch einen Regenguss. Simon hatte mich gebeten, ihn früh am Morgen in die Kirche zu begleiten. Er wollte Gott um seinen Schutz bei dem gefährlichen Unternehmen bitten. Wir wussten beide, wenn er auf seiner Flucht ertappt wurde, konnte er keine Gnade erwarten.

Die Kirchentür stand offen. Wir blieben einen Augenblick unter dem Portal stehen, um zu Atem zu kommen und uns die ärgste Nässe abzuschütteln. Dann betraten wir die Kirche. Unsere Schritte hallten zwischen den mächtigen Pfeilern, die das Dachgewölbe in den Himmel hoben.

Simon ging mir voran durch das Mittelschiff zum Chor. Vor dem Altarbild fiel er auf die Knie, machte das Kreuzzeichen und senkte den Kopf zum Gebet.

Ich kniete mich neben Simon hin und schaute zur roten, blauen und goldenen Pracht des Altarbildes auf. Mitten darin thronte die Mutter Gottes mit dem Jesuskind im Arm. Sonnenstrahlen umgaben sie; zu ihren Füßen hatte sie den Mond und in ihrer Krone die Sterne.

Sie sah so ruhig und erhaben aus, die Jungfrau Maria. Plötzlich schien sie mir unendlich weit entfernt. Was kümmerte sie sich um uns Würmchen hier auf Erden? Ich heftete meinen Blick nacheinander auf die Heiligen, die sie zu beiden Seiten hatte. Keiner von ihnen schien meinen Blick zu erwidern, weder die heilige Katharina noch der heilige Olav, die heilige Dorothea oder der heilige Antonius.

Ich schielte zu Simon, der tief versunken war in seinem Gebet. Ich sah, wie sich seine Lippen bewegten, und las die Worte ab:

Heilige Mutter Gottes, alle heiligen Männer,
nehmt euch meiner an, Nacht und Tag,
meinem Leben und meiner Seele.

Ich konnte nicht beten. Mir fehlten die einfachsten Worte. Es war, als ob etwas in mir abgeschnürt wäre.

Auf dem Weg hinaus blieb Simon bei dem Bild mit dem bärtigen Riesen stehen, der das Jesuskind auf seinem Rücken trug. Er bekreuzigte sich und murmelte einige Worte. Mit Erleichterung erinnerte ich mich daran, was der Mönch über den heiligen Christophorus gesagt hatte. Wer das Bild des Heiligen gesehen hatte, würde am selbigen Tag nicht sterben.

Unter dem Portal blieb Simon stehen und umarmte mich erneut.

»Jetzt haben wir wahrscheinlich keine Gelegenheit mehr zusammen zu sein«, sagte er. »Leb wohl, Mathias, vergiss mich nicht! Und obgleich ich nicht weiß wie, bin ich sicher, dass wir uns wiedersehen werden.«

Ich bekam kein Wort hervor. Meine Tränen nässten Simons Wangen und sagten mehr, als ich mit Worten hätte ausdrücken können.

Um die Mittagszeit hörte es auf zu regnen. Ausgelassen setzte sich der Maiumzug auf dem Anleger in Bewegung, bevor sich alle zum Gastmahl in der Gemeinschaftshalle versammelten.

Ich trank sehr wenig und bemerkte, dass Simon es genauso machte. Sonst versuchten die meisten der Jungen, die an dem Spiel teilnehmen sollten, sich so schnell wie möglich zu betrinken, um die Sinne vor den Prügeln zu betäuben.

Während wir darauf warteten, dass wir an der Reihe waren, saßen Simon und ich still nebeneinander im Feuerhaus. Es gab nichts mehr zu sagen, jedenfalls nichts, was die anderen Jungen hätten hören dürfen.

Als Älterer wäre Simon vor mir an der Reihe gewesen. Aber die Jungen, die uns abholen kamen, einen nach dem anderen, ließen Simon warten und nahmen mich vorher mit.

Es waren acht Peiniger, genau wie im letzten Jahr. Aber diesmal gab es noch einen neunten. Genau wie die anderen trug er eine Maske, die sein Gesicht verbarg. In der Hand hielt er einen mit Nägeln besetzten Tampen, genauso einer, wie er in Klaus' Kammer an der Wand hing.

Ich erwartete, sofort auf die Bank gelegt zu werden und eine Tracht Prügel auf den nackten Hintern zu bekommen. Aber stattdessen redete der Mann mit der Maske mit mir. An der Stimme erkannte ich Meister Berthold.

»Mathias«, sagte er, »du bist ein kluger Junge, oder?«

Ich wusste nicht, was ich darauf antworten sollte. Dunkel spürte ich, dass seine Frage eine Falle war.

»Und ob«, antwortete ich keck.

»Dann weißt du, dass der, der sich der Ordnung hier bei uns auf dem Anleger widersetzt, sich die Strafe selbst zuzuschreiben hat.«

Angst ergriff mein Herz wie eine riesige Eisenklaue. Welchen Vergehens klagte er mich an?

»Hab keine Angst«, sagte Meister Berthold mit milderer Stimme. »Wenn du ein kluger Junge bist, wird dir nichts Böses widerfahren. Dann entgehst du diesmal sogar den Prügeln. Aber wenn nicht ...«

Er schlug, scheinbar zerstreut, mit dem Seilende in die leere Handfläche. Die Nägel tanzten in der Luft. Mir wurde schlecht.

»Du hast einen Freund, Mathias«, sagte Meister Berthold. »Und dein Freund hat eine ... Freundin. Nicht wahr?«

Seine Stimme klang weich, aber sie ließ mich schaudern. Unkontrollierbar, wie eine verletzte Krähe schossen die Gedanken durch meinen Kopf.

»Nicht wahr?«, brüllte Meister Berthold. »Nicht wahr? Glaub nicht, dass du durch dein Schweigen entkommst. Ich werde dir sagen, wonach du dich zu richten hast. Antwortest du auf meine Fragen und erzählst alles, was du weißt, wird dir niemand etwas zuleide tun. Bist du widerspenstig, werden wir dich zusammenschlagen, mit Stöcken und mit dem hier.«

Er ließ den Tampen durch die Luft sausen.

»Der Hintern verträgt viel Prügel«, sagte Meister Berthold. »Da ist viel Fleisch dran und die Haut ist dick. Aber die Waden, Mathias, und die Arme! Die Schultern, Nacken, Brustkorb und Kopf! Dort werden die Knochen nicht von Fleisch geschützt.«

Breitbeinig stand er vor mir mit dem Tampen in der Hand. Hinter ihm standen vier kräftige Jungen mit ihren Stöcken bereit.

»Wir können dir jeden einzelnen Knochen im Leib

brechen, Mathias«, sagte Meister Berthold. »Nun, wie möchtest du es haben?«

Einander niemals verraten, hallte es in meinem Kopf wider. Wir werden einander niemals verraten. Ich verrate dich niemals. Das schwöre ich bei der Jungfrau Maria und allen Heiligen.

Aber hatte Simon mich nicht schon wegen Jorunn verraten?

Ich sah, wie Simon als Letzter ins »heilige Stübchen« hinter den Vorhängen geführt wurde. Ich sah seine aufrechte Haltung, sein offenes Gesicht, seine dunklen Locken und roten Wangen.

Ich wusste nicht, dass ich ihn zum letzten Mal so sah. Dennoch war ich von eiskaltem Schrecken erfüllt.

Was habe ich getan?, dachte ich. Lieber Gott, was habe ich getan?

Dann schlossen sich die Vorhänge und alle Geräusche von dort drinnen wurden vom Dröhnen der Trommeln und Töpfe übertönt.

Während ich damit beschäftigt war, die Hausherren und ihre Gäste zu bedienen, hielt ich die ganze Zeit die abgeschirmte Ecke in der Halle im Auge. Es dauerte so lange! Der Lärm dröhnte unvermindert. Niemand kam heraus und niemand ging hinein.

Als ich Hermann Fuchs und einigen anderen Herren am Tisch Wein einschenkte, packte mich jemand am Arm und hielt mich fest. Es war ein Mann, den ich nicht kannte, ein Hausherr von einem der anderen Höfe auf dem Anleger. Er war unförmig dick, hatte mehrere Doppelkinne und einen schweren Bauch, der über seine Schenkel quoll.

»Na, du Wicht, hast du eine ordentliche Tracht Prügel bekommen?«

Ich nickte und versuchte meinen Arm zu befreien, aber für so einen fetten Mann war er ungewöhnlich stark.

»Jungen brauchen Prügel«, sagte der Dicke. »Sie brauchen Prügel, wie sie Essen und Schlaf brauchen. Sonst werden nie Männer aus ihnen. Nicht wahr?«

Die Herren am Tisch stimmten ihm zu. Der Mann mit dem Fettbauch versetzte mir einen scherzhaften Klatsch aufs Hinterteil. Zu spät erkannte ich, dass ich so hätte tun müssen, als hätte es mir wehgetan, als ob mein Hintern grün und blau geschlagen wäre. Der Fette brach in lautes Gelächter aus.

»So ein Racker«, rief er. »Was für eine Selbstbeherrschung! Wer hätte das gedacht von so einem jämmerlichen Bürschchen. Setz dich, Junge, dann darfst du einen Becher Wein mit uns trinken!«

Er zog mich auf die Bank neben sich. Diesmal war ich geistesgegenwärtig genug, das Gesicht wie im Schmerz zu verziehen, als ich mich setzte.

Der fette Hausherr bot mir an, aus seinem eigenen Becher zu trinken, klopfte mir auf den Rücken und lobte mich erneut vor den anderen. Dann wurde ich ihm langweilig und er wandte sich an einen anderen Herrn. Ich stand auf und schlich davon.

Erst da bemerkte ich, dass sich etwas verändert hatte. Der Lärm aus dem »Stübchen« war verstummt.

Ich sah mich nach Simon um. Nirgends konnte ich ihn entdecken. Ich ging hinunter zum Feuerhaus. Dort war es still und leer.

Als ich einen Blick hinaus in die Passage warf, sah

ich Jürgen, Valentin und zwei andere Jungen aus dem Kellergebäude kommen, in dem wir unsere Essensvorräte verwahrten.

Der Abend verging, ohne dass ich Simon noch einmal sah. Meine Furcht trieb mich, ihn zu suchen, unermüdlich, aber vergeblich. Er war nirgends.

Schließlich redete ich mir ein, dass er schon geflohen war, obwohl er gesagt hatte, er wollte den Einbruch der Dunkelheit abwarten. Vielleicht hatte er die rechte Gelegenheit erkannt und die Flucht ergriffen.

Jetzt war er fort und um mich herum war alles kalt und erstarrt, obwohl es ein milder schöner Juniabend war und obwohl ich mehr trank, als ich vertrug. Wir hatten uns ja schon vor der Kirche Lebewohl gesagt, aber ich hatte trotzdem ein Zeichen von Simon erwartet, wenn es so weit war. Ein Lächeln, ein Zwinkern, ein letztes Lebewohl ohne Worte.

»Schau nicht so mürrisch drein«, sagte Jürgen und versetzte mir einen Knuff, als wir uns auf der Treppe begegneten. »Du bist doch glimpflich davongekommen, du Memme.«

Ich war auf dem Weg nach draußen, um Wasser zu lassen. Als ich in die Passage kam, bemerkte ich aus dem Augenwinkel das kleine gemauerte Kellergebäude. Was hatten Jürgen und die anderen dort zu tun gehabt?, fragte ich mich. Sie hatten doch nichts zu essen mitgebracht, als sie von dort zurückkehrten.

Aber mein Gehirn war allzu umnebelt von Bier und Wein und der Gedanke allzu flüchtig, um Wurzeln zu schlagen. Ich kehrte in die Halle zurück und leerte noch einen Becher.

Später in der Nacht, als es schon dunkel war, brachen die Gäste aus der Gemeinschaftshalle auf. Die Leute unseres Hofes zogen auch ab. Ich sah mich nach Klaus, Jürgen und Valentin um. Aber niemand von ihnen war mehr in der Halle.

Wieder ging ich in die Passage. Dort entdeckte ich einen kleinen Menschenauflauf vor dem Kellergebäude. Zwei Männer schienen in einen Wortwechsel verwickelt zu sein. Als das Licht einer Fackel auf das eine Gesicht fiel, erkannte ich Klaus.

Das andere Gesicht brauchte ich nicht zu sehen, um zu wissen, wem es gehörte.

Ich ging näher und hörte Meister Berthold sagen: »Lasst ihn über seine Untaten nachdenken, dann ist er morgen sicher nicht mehr so widerspenstig.«

»Ich habe die Verantwortung für die Jungen«, erwiderte Klaus heftig. »Ich denke nicht daran, Simon dort drinnen sterben zu lassen, ohne Priester und Sakrament. Wer weiß, wie schwer er verletzt ist?«

»So schlimm ist es nicht«, antwortete Meister Berthold. »Dafür stehe ich ein. Und was die Verantwortung angeht, bist du nur Geselle und hast mir als Vorsteher der Hausherren zu gehorchen.«

»Meister Hinrich hat mir seine Schlüssel und die Buchführung übergeben. Und ebenso die Verantwortung für die Jungen.«

Klaus' Stimme zitterte, aber er fuhr ohne Zögern fort: »Ich hole den Jungen jetzt heraus. So übel, wie er zugerichtet ist, wird er heute Nacht nicht fliehen. Wohl auch kaum eine andere Nacht.«

Jürgen, Valentin und mehrere andere Jungen schlossen hinter Klaus auf, als er auf den Keller zuging. Meister Berthold wich zur Seite.

»Dann hol ihn doch«, sagte er höhnisch. »Aber nimm dich in Acht, Klaus, dein Trotz wird dich teuer zu stehen kommen.«

Mit diesen Worten kehrte er auf dem Absatz um und ging. Seine Schritte hallten auf dem Holzbelag der Passage.

Ich konnte kaum atmen, während ich im Dunkeln an der Hauswand stand und wartete.

Klaus schloss die Kellertür auf. Jürgen und Valentin verschwanden drinnen. Nach einer kurzen Weile kamen sie wieder heraus. Sie schleppten jemanden zwischen sich.

Das Licht von Jürgens Fackel fiel auf Simons Gesicht.

War das wirklich sein Gesicht, diese zerschlagene Masse, über die schmierige Haarsträhnen fielen? Waren das Simons Augen, die versuchten, etwas zwischen den geschwollenen Lidern zu sehen? War das Simons Mund, der Blut spuckte?

Nein, nein, nein, nein, schrie es lautlos in mir. Das ist nicht Simon. Es ist nicht wahr. Simon liegt versteckt bei der Quelle hinter der Nikolaikirche und wartet auf Jorunn. Simon ist nicht hier. Es ist nicht wahr.

Unfreiwillig machte ich ein paar Schritte näher. Klaus entdeckte mich.

»Mathias!«, rief er. »Komm mit!«

Dann setzte sich die kleine Gruppe in Bewegung. Voran ging Klaus, dann kamen Jürgen und Valentin, die Simon halb durch die Passage schoben, halb schleppten. Als ich mich ihnen anschloss, sah Simon mich an. Seine Augen waren fast zugeschwollen, aber trotzdem blitzte es in ihnen auf. Was war das? Zorn? Verachtung? Enttäuschung?

Ich habe es nicht getan, wollte ich ihm zurufen. Ich habe ihnen nur gesagt, was sie schon wussten. Dass du eine Norwegerin liebst. Dass sie dein Kind trägt. Ich konnte doch nicht ahnen, das sie dich deswegen fast totschlagen würden.

Aber die Scham ließ die Worte in meinem Mund erstarren.

Die kurze Strecke durch die Passage, die ich schon so viele Male gegangen war, erschien mir auf einmal unendlich lang. Jeder Schritt kostete mich Anstrengung, jeder Augenblick brachte unendliche Gewissensqualen mit sich.

Das Leben eines Menschen ist eine Aneinanderreihung von Stunden, Tagen, Wochen, Monaten und Jahren. Der Tag folgt auf die Nacht, die Nacht auf den Tag. Die Jahreszeiten wechseln; Menschen werden geboren, wachsen, altern und kehren zu Gott zurück. Das Rad des Lebens dreht sich, Runde um Runde. Die Zeit bewegt sich in einem ewigen Kreislauf, immer demselben und doch jeden Augenblick neu.

Aber manchmal öffnet sich eine Kluft in der Zeit und zerteilt sie. Zwischen dem, was war, und dem, was ist, gibt es keine Verbindung mehr. Damals und Jetzt starren einander über den Abgrund hinweg an.

Das Entsetzen, das ich empfand, als ich Simons zerstörtes Gesicht sah, trennte mich von allem, was mein Leben gewesen war. Ich war hinausgeworfen worden in eine schwarze, bodenlose Leere.

Wie soll ich weiterleben können?, dachte ich. Wie soll ich dem Blick anderer Menschen begegnen können?

Ich war so tief in meine Gedanken versunken, dass ich nicht sah, wie es geschah. Wir hatten die Treppe erreicht, die zum Speicher hinaufführte. Vielleicht waren Jürgen und Valentin stehen geblieben, um sich einen Moment auszuruhen, bevor sie Simon die Treppe hinaufschleppten. Vielleicht hatte er einen Augenblick der Unaufmerksamkeit genutzt und Jürgen die Fackel entrissen.

Jürgens Rufen riss mich aus meinen Gedanken.

»Die Fackel! Er hat die Fackel!«

Simon war schon mit der Fackel in der Hand die Treppe hinaufgestürzt. Jürgen stürmte hinter ihm her, aber Simon stieß im Vorbeilaufen einen Eimer um, der auf der Galerie stand. Der Eimer polterte die Treppe herunter, traf Jürgen am Schienbein und hielt ihn für einen Moment auf. Als er die Treppe weiter hinauflief, gefolgt von Valentin, war Simon schon auf der Galerie des nächsten Stockwerks.

Klaus riss das große Tor zum Vorraum auf und lief auf diesem Weg ins Haus. Aber er kam gleich wieder heraus, gejagt vom knurrenden Wachhund, der sich an seinem Hosenboden festgebissen hatte. Simon musste die Klappe zur Hundehütte geöffnet haben, und der Hund konnte in seiner Erregung nicht zwischen Leuten, die zum Haus gehörten, und Fremden unterscheiden.

»Es brennt!«

Jürgen tauchte auf der Treppe auf.

»Es brennt! Er hat das Lager in Brand gesteckt!«

Klaus versetzte dem Hund einen Tritt, und der Hund ließ winselnd los. Erneut stürmte Klaus in den Vorraum und begann, die Wassertonne herunterzulassen, die unter der Decke hing.

Ich wusste wohl, dass jeder auf dem Anleger verpflichtet war, bei Feuer zu helfen. Aber in diesem Augenblick war es mir gleichgültig, was mit dem Haus und den Waren passierte, ja, auch mit mir selbst. Ich hatte nur Simon im Kopf.

»Simon!«, schrie ich und stürmte Jürgen und Valentin nach die Treppe hinauf.

Flammen schlugen mir aus der offenen Tür im ersten Geschoss entgegen. Jürgen und Valentin kamen rückwärts herausgetaumelt. Dabei stieß Jürgen mich um. Ich fiel, rollte die Treppe hinunter und blieb an ihrem Fuß liegen.

Jämmerlicher als in dem Augenblick hatte ich mich noch nie im Leben gefühlt. Ich begrub mein Gesicht im Schlamm und wünschte, das brennende Haus würde über mir zusammenstürzen.

Ein heftiger Tritt brachte mich auf die Füße.

»Hilf uns!«, schrie Jürgen.

Drinnen im Vorraum kämpfte Klaus mit der Wassertonne. Jürgen lief hin und ergriff den großen Brandhaken. Valentin hämmerte gegen die Türen der Nachbarhäuser. Halb angezogene Männer und Jungen tauchten in Fenstern und auf Galerien auf. Der Brandgeruch ließ sie jäh wach und nüchtern werden.

Innerhalb kürzester Zeit war die Passage voller rufender und rennender Menschen mit Eimern und Äxten. Jetzt stand auch das oberste Stockwerk in Flammen und das Feuer war dabei, auf die anderen Häuser der Passage überzugreifen, unterstützt von einem südwestlichen Wind, der gegen Abend zugenommen hatte.

Es krachte und dröhnte. Der Lichtschein war blendend hell und der Rauch ließ meine Augen tränen.

Dennoch sah ich ihn deutlich. Auf der offenen Galerie des ersten Stocks bewegte sich eine Gestalt. Während das Feuer sich weiter die Passage hinauffraß, stolperte eine menschliche Fackel mit brennenden Kleidern und Haaren in die entgegengesetzte Richtung auf den Giebel zum Anleger hin.

Simon.

Er machte ein paar unsichere Schritte, erreichte das Ende der Galerie, schwankte und suchte Halt am Geländer.

»Simon!«, schrie ich. »Simon, Simon!«

Wie sollte er mich hören in dem Lärm vom Feuer und all den Leuten? Aber für einen Augenblick schien mir, als drehte er sich zu mir um und sehe mich an, nicht mit Zorn, Verachtung oder Enttäuschung, sondern mit unendlicher Zärtlichkeit.

Dann stürzte er sich mit ausgebreiteten Armen über das Geländer.

Wie ein brennender Vogel, ein Feuervogel, schwebte Simon durch die Luft. Undeutlich durch die Tränen sah ich ihn wie einen Feuerfunken über dem schwarzen Wasser verschwinden.

Die Flucht

War ich der Einzige, der den Feuervogel über das Wasser hatte fliegen sehen? Waren alle anderen, Hausherren, Knechte und Gesellen, allzu sehr in Anspruch genommen von dem Versuch, das Feuer zu löschen, um das Mirakel zu sehen, das sich vor ihren Augen ereignete?

Er ist entkommen, dachte ich trotzig. Sie können ihm nie mehr Böses tun.

Im selben Augenblick wusste ich, dass ich wegmusste. Wohin auch immer, gleich zu welchem Preis. Mir sollten sie auch nichts Böses mehr antun können.

Die schwere Tür zum Anleger hinaus war geöffnet worden. Einige der Gesellen waren dabei, eine Kette zum Kai zu bilden. Eimer und Behälter wurden mit Wasser gefüllt und von einer Hand zur anderen weitergereicht.

Als ich durch das Tor schlüpfte, dachten wohl jene, die mich sahen, dass ich auf dem Weg war, mich in die Kette einzureihen. Aber ich bog rasch nach links ab und drückte mich an den Häusern entlang. Mein Herz klopfte so sehr, dass ich dachte, es würde meine Brust sprengen. Verschwommen und unklar nahm ich alles wahr, was mich umgab. In meinem Kopf war nur ein einziger Gedanke:

Weg, weg von hier!

Ich lief an dem schwarzen Häufchen unterhalb des Hausgiebels vorbei. Das Häufchen, das nicht Simon war, nicht sein konnte.

Denn wer den heiligen Christophorus gesehen hat, wird am selbigen Tag nicht sterben.

Ich wusste, dass ich nicht viel Zeit hatte. Der Feuerschein, der Rauch und der Lärm waren schon im Begriff, die Bewohner der umliegenden Höfe zu wecken. Bald würde es überall von Menschen wimmeln.

Ich schlich in eine schmale Gasse und hielt mich dicht an den Hauswänden in der Hoffnung, nicht gesehen zu werden. Als ich die Gasse weiter hinauf Stimmen hörte, drückte ich mich unter die Galerie, tief in den Schatten. Drei Jungen gingen vorbei, die eifrig redeten und gestikulierten.

Als sie außer Sichtweite waren, lief ich die Gasse weiter hinauf zur Oberen Straße. Ich hatte keinen Plan, wusste nur, dass ich so schnell wie möglich fortmusste aus der deutschen Siedlung.

Die Obere Straße war fast menschenleer. Einige Handwerksgesellen kamen aus den Schenken und schwankten zur Schuhmachersiedlung. Ein herrenloser Hund lief bellend die Straße entlang, aufgeschreckt von dem Brandgeruch, der jetzt auch hier wahrzunehmen war. Ich entschied mich für irgendeine Richtung und stürzte wie blind vorwärts.

»Nun, wen haben wir denn da?«

»Ich weiß nicht.«

Die Stimmen der Frauen waren heiser und hässlich. Sie waren so schnell und lautlos aus einer Tür vor mir getreten, dass ich sie erst bemerkte, als ich ihnen geradewegs in die Arme lief. Ich versuchte mich vorbeizudrücken, aber eine von ihnen hielt mich fest.

»Fühlt sich zu fein, um mit ein paar Straßendirnen zu sprechen, wie?«

In der Dunkelheit konnte ich weder erkennen, wie

die Frauen aussahen, noch, wo ich mich befand. Trotzdem begriff ich, dass es zwei Huren aus dem Steinkeller waren.

»Nein ... nein«, stotterte ich. »Keineswegs.«

»Hör mal, du«, sagte die eine Frau zur anderen. »Das ist ein Deutscher!«

Wieder schlug die Angst ihre Klauen in mich. Wer konnte wissen, was für Ungerechtigkeiten diesen Frauen widerfahren waren, die sie an einem Deutschen rächen könnten?

»Wohin bist du denn so eilig unterwegs, Kleiner?«, fragte die andere. »Oder ... woher?«

Beide lachten.

»Vielleicht ist das der, der den Anleger in Brand gesteckt hat«, sagte die Frau, die mich zuerst angesprochen hatte.

Sie versperrten mir immer noch mit ihren Körpern den Weg. Ihr widerlicher Geruch mischte sich mit dem Rauchgeruch vom Feuer.

Der Griff um meinen Arm wurde fester.

»Du kannst es doch mitten in der Nacht nicht so eilig haben«, sagte sie in ihrem singenden Norwegisch. »Komm mit rein und lass dich anschauen.«

In dem Augenblick öffnete sich ein Riss in den Wolken und in dem kalten, blau schimmernden Mondlicht sah ich das Gesicht der Frau vor mir. Weder alt noch jung war sie, ihr Gesicht hätte schön sein können, wenn es nicht von einem feuerroten Geburtsmal entstellt gewesen wäre.

Eine große Müdigkeit überkam mich. Wozu lohnte es sich zu laufen? Ich hatte ja doch kein Ziel, wusste nicht, wohin. Genauso gut konnte ich den Frauen folgen und mich eine Weile ausruhen.

Das Zimmer, das wir betraten, erschien mir wie ein kochender Hexenkessel, voller verschwitzter Körper. Schatten tanzten über die Wände, die Tische waren voller Becher und Krüge, manche umgefallen. Von einem der Tische tropfte Bier auf den Fußboden. Ein Mann beugte sich grinsend vor und fing das Rinnsal mit dem Mund auf.

Eine Frau lief mit hochgezogenem Rock durchs Zimmer, von einem bärtigen Mann gejagt. Schließlich bekam er sie zu packen und zog sie zu Boden. Sie rollten herum und verschwanden unter einem der Tische.

Die Luft war dick und drückend. Ich schnappte nach Atem wie ein Fisch auf dem Trockenen und kämpfte gegen das Schwindelgefühl, das mich übermannen wollte.

Als ich wieder zu mir kam, lag ich auf einem schmutzigen Federbett auf dem Fußboden in einem kleineren Zimmer. Die Frau mit dem Geburtsmal saß über mich gebeugt und tupfte meinen Kopf mit einem feuchten sauberen Lappen ab.

»Die Wunde ist nicht tief«, sagte sie. »Wie hast du sie bekommen?«

Erst da begriff ich, dass das Warme, das mir über die Stirn geflossen war und von dem ich geglaubt hatte, es sei Schweiß, Blut war. Es musste passiert sein, als ich die Treppe hinuntergefallen war. Aber ich erinnerte mich daran, was die Frau über das Feuer gesagt hatte, und zog es vor, nicht die Wahrheit zu sagen.

»Ich weiß nicht.«

Die Frau riss einen Stoffstreifen ab und wickelte ihn um meinen Kopf.

»Mach dir keine Sorgen. Ich bin bloß neugierig.«

Sie betrachtete mich genau.

»Wie alt bist du?«

»Fünfzehn Winter.«

»Fünfzehn«, sagte sie. »Genauso alt wie mein Sohn, wenn er am Leben geblieben wäre.«

Ich sah sie an. Sie hatte dunkle Schatten unter den Augen, die Haare hingen ihr in Strähnen ums Gesicht, und auf der einen Wange leuchtete das Geburtsmal. Trotzdem ging etwas Angenehmes von ihr aus.

»Ich war selbst fünfzehn«, fuhr sie fort, »als ich schwanger wurde.«

Sie nahm mein Kinn und schaute mir in die Augen.

»Wenn du eine Freundin hast«, sagte sie, »dann sei gut zu ihr. Wenn sie schwanger wird, verlass sie nicht. Sonst endet sie wie ich. Verstehst du?«

Ich nickte.

»Du bist ein guter Junge, obwohl du ein Deutscher bist«, sagte sie. »Das sehe ich in deinen Augen. Ich kenne die Menschen. Feige und dumm sind wir, die meisten von uns. Aber jeder hat auch etwas Gutes in sich und etwas Böses. Kümmre dich um das Gute in dir und bei anderen.«

Unerwartet stieß sie ein krächzendes Lachen hervor, das in Husten überging.

»Das war Arsch-Elins Lebensweisheit«, brachte sie hustend hervor. »Denk dran! Jetzt musst du gehen. Ich muss heute Nacht noch ein paar Kerle schaffen. Falls du es nicht versuchen möchtest?«

Ich schüttelte den Kopf.

»Ich hab's nicht ernst gemeint, Dummchen«, sagte sie. »Geh jetzt!«

Ich ging rückwärts aus dem Raum, drehte mich in der Türöffnung herum und stolperte in das andere Zimmer.

Als ich wieder auf der Straße war, fiel mir ein, dass ich vergessen hatte, mich bei der Frau zu bedanken. Nicht nur, weil sie meine Wunde verbunden hatte, sondern auch dafür, dass sie mir gezeigt hatte, was ich tun musste.

Die Nacht war nicht länger kohlrabenschwarz. Der Himmel wurde erleuchtet vom roten Schein des Feuers, das zwischen den Häusern unten am Anleger wütete. Die Glocken der Marienkirche dröhnten, um die Menschen zu wecken und zu warnen. Aber der Wind hatte gedreht und blies nicht mehr in Richtung Obere Straße, sondern trieb das Feuer zurück zum Kai.

Ich lief die Straße entlang. Leise wiederholte ich das Gebet, das ich Simon heute Morgen in der Marienkirche hatte sprechen hören:

Heilige Mutter Gottes, alle heiligen Männer,
kümmert euch um mich, Nacht und Tag,
um mein Leben und meine Seele.

Die Quelle hinter der Nikolaikirche hatte das klarste Wasser aller Wasserquellen, die dem Fuß des Berges entsprangen. Viele Male hatten Simon und ich dort Wasser geholt und einander aus den hohlen Händen trinken lassen. Trotz der Dunkelheit hatte ich keine Schwierigkeit, den Weg dorthin zu finden.

Atemlos warf ich mich ins Gras neben der Quelle. Ich nahm einen Schluck vom frischen Quellwasser und legte mich dann auf den Rücken. Jetzt musste ich die Dämmerung abwarten.

Mich fror in meiner dünnen Feiertagskleidung, aber die Müdigkeit übermannte mich doch. Im Traum sah ich wieder den Feuervogel über das schwarze Wasser fliegen.

Sie kam mit leisen, leichten Schritten und ließ sich auf Knien neben mir im Gras nieder.

»Simon?«

Ich richtete mich auf. Im grauen Dämmerlicht erkannte sie mein Gesicht, ich sah ihre dunkelblauen Augen blitzen und wie sich ihr Mund vor Staunen öffnete.

»Du bist das? Wo ist Simon?«

»Er kommt nicht«, antwortete ich.

Die drei Worte waren die schwersten, die ich je hatte aussprechen müssen.

Sie erhob sich. Fragte nichts. Begann, denselben Weg zurückzugehen, den sie gekommen war, jetzt mit schweren Schritten, schwer wie der Tod.

Ich kam rasch auf die Füße und holte sie ein.

»Warte, Jorunn«, sagte ich. »Er hat dich nicht verraten.«

Sie sah mich mit blicklosen Augen an.

»Ist er tot?«

Ihre Stimme war wie der brüchige Schrei eines Seevogels.

Ich antwortete nicht auf ihre Frage. Jedes Ding hat seine Zeit, und noch war die Zeit nicht gekommen, Jorunn vom Feuervogel zu erzählen.

»Geh nicht zurück in die Stadt, Jorunn« sagte ich. »Geh nach Hause in dein Dorf. Ich werde mit dir gehen.«

»Du?«

»Wenn du willst«, sagte ich, »können wir sagen,

das Kind ist von mir. Ich verspreche dir, dass ich dich nicht im Stich lasse.«

Sie drehte sich um und schaute hinunter zum Anleger, hinüber zum Himmel, der rot war vom Feuer.

»Ja«, sagte sie, »wenn du mitkommen willst, dann machen wir es so, wie du sagst.«

Der steile Pfad schlängelte sich den Berg hinauf. Jorunn ging voran. Ihre nackten Fußsohlen schienen den Weg von allein zu finden. Ich musste mich an Zweigen und Büschen festhalten, ständig in der Angst, den Halt zu verlieren und abzustürzen, weil sich das weiche Moos löste und unter meinen Füßen wegglitt.

Wir gingen schnell und ruhten keinen Augenblick aus. Nur einmal blieb Jorunn stehen und zeigte auf eine Kiefer, die nah am Weg wuchs.

»Schau«, sagte sie.

Überall ragten gerade Kiefernstämme in den Himmel und breiteten hoch oben ihre Wipfel aus. Nur die eine Kiefer, auf die Jorunn zeigte, war anders. In Höhe unserer Gesichter teilte sich der Stamm in zwei, die genauso gerade und hoch wie die anderen einsamen Stämme nebeneinander standen. Ihre beiden Kronen zeichneten sich gegen den Himmel ab, der sich jetzt hinter den Bergen golden und blassrot färbte.

»Simon und ich«, sagte sie, »so waren wir. Wie Zwillinge. Verstehst du?«

Einen Augenblick verspürte ich Lust umzukehren und den Abhang wieder hinunterzugehen. Aber ich ging weiter. Meine Schritte wurden zu einem stummen Lied in meinem Kopf.

Metapher für Marion + Simon

Si-mon, Jo-runn, sangen sie. Si-mon, Jo-runn.

Nur für meinen Namen, Mathias, gab es keinen Platz in diesem Lied.

Als wir den Berggipfel erreicht hatten und anfingen auf der anderen Seite wieder abzusteigen, blieb Jorunn erneut stehen.

»Hast du Hunger?«

Daran hatte ich vorher nicht gedacht, aber jetzt spürte ich, dass mein Magen vor Leere schmerzte.

»Ja.«

Jorunn setzte sich auf einen Baumstumpf, öffnete ihr Bündel und nahm einen Brotlaib und einen runden braunen Käse heraus.

»Mehr konnte ich nicht mitnehmen«, sagte sie. »Damit müssen wir zurechtkommen. Weiter unten können wir essbare Kräuter pflücken.«

Brot und Käse schmeckten besser als alles, an das ich mich erinnern konnte. Ich hätte alles allein aufessen können, begriff aber, dass wir sparen mussten, wenn das Essen zwei Tage reichen sollte. Als wir unsere Mahlzeit beendet hatten, berührte Jorunn die Binde, die Elin um meinen Kopf gewickelt hatte.

»Sie ist durchgeblutet. Lass mich dir helfen.«

Sie ging ein Stück weg und kehrte mit einigen grünen Blättern zurück. Vorsichtig wickelte sie den Stofffetzen ab, legte die Blätter auf die Wunde und band den Fetzen wieder um meinen Kopf.

Die Finger, die mich berührten, waren weich. Ich nahm einen schwachen Duft wahr, der mich an meine Schwester Anna erinnerte.

Jorunn richtete sich auf. »Komm«, sagte sie, »wir müssen heute so weit wie möglich gehen, bevor sie anfangen, nach uns zu suchen.«

Wir gingen den ganzen Tag, den Berghang hinunter und dann durch das Tal auf der anderen Seite. Ein schäumender Fluss zwang uns zu einem Umweg.

Als wir das zweite Mal rasteten, waren wir ausgehungert. Wir mussten uns sehr zusammennehmen, um etwas Brot und Käse übrig zu lassen. Ich begriff, dass Jorunn nicht damit gerechnet hatte, allein für die Nahrung verantwortlich zu sein. Simon hatte sicher etwas vom Gastmahl einpacken wollen, bevor er wegging.

»Heute Abend pflücke ich Brennnesseln für eine Suppe«, sagte Jorunn. »Wir brauchen nicht hungrig einzuschlafen.«

Jetzt, da wir uns ein ganzes Stück von der Stadt entfernt hatten, beeilten wir uns nicht mehr so sehr. Der Pfad war häufig zu schmal, um Seite an Seite zu gehen, aber manchmal drehte Jorunn sich zu mir um und zeigte auf einen Berggipfel oder eine Felsschlucht, die bewiesen, dass wir auf dem richtigen Weg waren.

Entlang des Pfades wuchsen Gras und viele Kräuter und Blumen – gelbe, weiße, rote und blaue. Jorunn kannte alle Namen und wusste, wozu man sie verwenden konnte.

Als die Dämmerung kam, blieb Jorunn bei einer großen Tanne stehen, deren Äste uns Schutz gegen Regen und Wind bieten würden. Noch nieselte es nur leicht, aber wir wollten nicht von einem plötzlichen Unwetter überrascht werden.

»Kannst du ein Feuer machen?«, fragte sie.

Ich nickte. Die Kunst beherrschte ich wirklich.

Jorunn holte Feuerstahl und Feuerstein aus ihrem Bündel.

»Ich sammle derweil Kräuter für die Suppe.«

Ich errichtete einen Herd aus Steinen. Dann sammelte ich Reisig und entzündete ein Feuer. Der Abend war kühl und die Wärme vom Feuer tat gut. Ich hatte ja keine warme Kleidung mitgenommen, nur die Festtagskleidung, die ich noch vom Tag zuvor trug.

Die Dämmerung verdichtete sich zu dunklem Blau.

Mangels eines Korbes hatte Jorunn ihren Rock geschürzt, so dass sie die Brennnesseln darin tragen konnte. Sie trug keinen Unterrock. Von dort, wo ich auf der Erde saß, konnte ich ihre weißen Beine bis zu den Knien sehen.

Jorunn musste meinen Blick gespürt haben. Hastig ließ sie den Rock herunter und die grünen Kräuter fielen auf die Erde. Sie nahm eine Schöpfkelle und einen kleinen Topf aus ihrem Bündel und bat mich, Wasser aus dem Bach zu holen, während sie die Brennnesseln putzte.

Die Suppe schmeckte wunderbar. Wir brachen ein wenig Brot hinein und genossen die Wärme, die sich in unseren Mägen ausbreitete. Dann krochen wir unter die Tanne.

Jorunn hatte einen Lodenumhang über ihren Schultern getragen, jetzt breitete sie ihn aus und sagte: »Er muss für uns beide reichen.«

Ich war verlegen. Wenn wir den Umhang teilen wollten, mussten wir nah beieinander liegen. Aber wenn ich es nicht tat, würde ich die ganze Nacht frieren wie ein Hund.

Jorunn streckte sich aus.

»Komm.«

Vorsichtig legte ich mich neben sie und nahm erneut den Duft wahr, der mich an Anna erinnerte. Jorunn zog einen Zipfel des Umhangs über sich, und ich tat es ihr gleich. So lagen wir da, nah beieinander.

»Jetzt erzähle«, sagte Jorunn.

Ich konnte es also nicht länger aufschieben. Dies war der Moment, in dem ich Jorunn von Simon, dem Feuervogel, erzählen musste.

Ich erzählte ihr alles, was ich ihr zu erzählen vermochte, und wusste, dass alles, was ich jetzt verschwieg, mein Geheimnis bis ans Ende meines Lebens bleiben würde.

Als ich fertig war, lag sie still da. Sie weinte nicht, fragte nichts, atmete kaum. Ihr Schweigen erschreckte mich.

»Jorunn?«, fragte ich nach einer Weile.

Sie holte tief Luft, als ob sie gerade mit dem Kopf über Wasser gelangt wäre.

»Danke, dass du es mir erzählt hast«, sagte sie. »Jetzt weiß ich es.«

Sie drehte mir den Rücken zu.

Ich hatte das Gefühl, als hätte ich einen Schlag ins Gesicht bekommen. Gab sie mir die Schuld an dem, was Simon widerfahren war? Hasste und verachtete sie mich so, dass sie sich von mir abwenden musste?

Sie hat Recht, dachte ich. Ich bin nicht mehr wert als Hass und Verachtung. Wie konnte ich mir einbilden, ich könnte gutmachen, was ich getan hatte?

Aber nach einer Weile merkte ich, dass Jorunns Körper von unterdrücktem Schluchzen bebte. Da legte ich meine Arme um sie, wie Simon seine Arme einmal um mich gelegt hatte, und hielt sie fest, während sie weinte und bis sie einschlief.

In dieser Nacht flog der Feuervogel wieder durch meine Träume. Als ich erwachte, war Jorunn fort. Ich lag allein unter der Tanne, immer noch mit ihrem Umhang zugedeckt. Mir kamen sonderbare Gedanken. Hatte sie mich verlassen und war allein weitergegangen? Ob sie mich vielleicht gar nicht in ihr Dorf mitnehmen wollte? Gab es Wölfe und Bären hier in der Wildnis?

Schließlich hörte ich sie vom Bach heraufkommen. Sie hatte die Tränenspuren abgewaschen, sich gekämmt und die Haare geflochten.

Wir aßen den Rest vom Brot und vom Käse. Auf der letzten Wegstrecke mussten wir mit dem auskommen, was die Natur uns bot.

Als wir ein Stück gegangen waren, blieb Jorunn stehen.

»Von hier«, sagte sie, »gibt es zwei Wege. Der eine ist leichter, aber weiter. Wenn wir uns für ihn entscheiden, müssen wir noch eine Nacht im Freien schlafen. Der andere ist kürzer, aber beschwerlicher. Welchen wollen wir nehmen?«

»Den kürzeren«, sagte ich. »Falls du nicht anderer Meinung bist?«

»Ich bin deiner Meinung«, sagte sie.

Der Weg, für den wir uns entschieden hatten, führte durch unwegsames Gelände. Wir kletterten über Felsblöcke und balancierten auf umgestürzten Baumstämmen über eine Kluft im Berg. Müde und verschwitzt blieben wir über einem steinigen Abhang stehen und sahen zum Bach hinunter, der im Tal floss.

»Von dort an wird der Weg leichter«, sagte Jorunn. »Geh du voran!«

Vorsichtig begann ich mit dem Abstieg. Die Felsen

waren glatt, und lose Steine rollten unter meinen Füßen davon.

Plötzlich hörte ich einen Aufschrei hinter mir. Ich drehte mich um und sah, wie Jorunn zu Boden sank.

So schnell ich konnte, kletterte ich zu ihr hinauf. Sie saß auf einem Stein und sah mich unglücklich an.

»Ich begreife nicht, wie ich so ungeschickt sein konnte. Ich glaube, ich kann den Fuß nicht mehr aufsetzen.«

Ich ließ mich neben ihr auf die Knie nieder.

»Ist er gebrochen?«

Sie schüttelte den Kopf.

»Nein, dann hätte ich mehr Schmerzen. Aber wie soll ich jetzt weitergehen? Und wir haben kaum noch etwas zu essen für heute!«

»Ich trage dich zum Bach«, sagte ich. »Dann werden wir weitersehen.«

Jorunn sah mich zweifelnd an. Ich verstand, was sie dachte: Er ist so klein, wie will er mich tragen?

Auch ich befürchtete, dass es über meine Kräfte gehen würde. Aber ich hatte ja keine andere Wahl, als es zu versuchen.

Indem ich die Höhenunterschiede am Hang ausnutzte, gelang es mir, Jorunn auf meinen Rücken zu heben. Unendlich vorsichtig tastete ich mich Schritt für Schritt voran, den Abhang hinunter zum Bach. Ich fühlte mich stark und gut, obwohl mein Rücken schmerzte, als ich Jorunn wieder absetzte.

Vorsichtig rieb sie ihr Fußgelenk. Ich sah, dass es angeschwollen und blau war. Sie tauchte den Fuß in das kalte Wasser, um die Schwellung zu kühlen.

»Was meinst du, kannst du gehen?«

»Ich müsste ihn mit ein paar Stöckchen schienen

und fest mit zwei nassen Stoffstreifen verbinden. Dann schaffe ich es vielleicht bis ins Dorf.«

»Wenn es weiter nichts ist«, sagte ich. »Ich suche dir Zweige, Wasser gibt es ja im Bach.«

Jorunn sah verlegen aus.

»Warte«, sagte sie, »ich habe nichts, womit ich meinen Fuß verbinden könnte. Du verstehst ...«

Sie wurde rot.

»... ich habe nichts, was ich ausziehen könnte.«

»Wenn es weiter nichts ist«, sagte ich. »Dann reicht das wohl?«

Ich nahm die Tunika ab und zeigte mein Hemd.

»Was für ein schönes Hemd«, sagte Jorunn. »Hat deine Mutter das genäht?«

»Meine Schwester.«

»Deine Schwester muss dich sehr lieb haben«, sagte Jorunn. »Du wirst doch ihr Geschenk nicht meinetwegen zerstören.«

»Wenn es uns hilft, dass wir noch vor Einbruch der Nacht mit heiler Haut in deinem Dorf ankommen, dann hat es uns den besten Dienst der Welt erwiesen«, sagte ich. »Meine Schwester würde sich freuen, wenn sie das wüsste.«

Jorunn nahm das Hemd entgegen. Erst zögernd, aber nach einer Weile entschlossen riss sie es in Streifen. Ich schloss die Augen und versuchte, das Bild von Anna hervorzurufen, als sie das Hemd getragen hatte. Aber das Bild war sonderbar verschwommen und entglitt mir.

Ich half Jorunn, das Fußgelenk mit ein paar Stöckchen zu schienen, und suchte ihr einen kräftigen Stecken, auf den sie sich stützen konnte.

Den ganzen Tag wanderten wir weiter. Jorunn hinkte und humpelte auf ihrem verletzten Fuß, verlor aber nicht den Mut. Wenn der Pfad breit genug war, ging ich an ihrer Seite und stützte sie.

Aus Furcht, nicht rechtzeitig anzukommen, hielten wir nur kurze Rast. Jorunn zeigte mir die Kräuter, die man roh essen konnte, und ich rupfte Sauerampfer und Löwenzahnblätter für uns beide ab. Der Hunger nagte in unseren Mägen, aber wir hielten ihn in Schach, indem wir über etwas anderes sprachen. Die Rede flog ungezwungen zwischen uns hin und her, als ob wir schon lange Freunde wären. Nur über eins sprachen wir nicht mehr.

Über Simon.

Bei Sonnenuntergang erreichten wir die Höhe eines Hügels.

»Dort«, sagte Jorunn und zeigte ins Tal, »dort liegt das Dorf.«

Im warmen roten Licht der letzten Sonnenstrahlen sahen wir die unansehnlichen Häuser unten in der Talsenke mit ihren grauen Holzwänden und grasbewachsenen Dächern. Es waren nicht viele, höchstens sieben oder acht Wohnhäuser, ein paar Viehställe und Katen für den Vorrat. Verglichen mit meinem Heimatdorf war das hier unbedeutend. Dennoch füllte sich mein Herz mit Wiedersehensfreude, als ich die ordentlich bestellten Äcker und das weidende Vieh sah.

Langsam stiegen wir den letzten Abhang hinab. Ich sah, dass Jorunn jetzt große Schmerzen hatte, aber sie klagte nicht. Als wir das Tal erreichten, war es fast dunkel. Einen Augenblick später klopfte Jorunn an die Tür ihres Onkels.

Jorunn

Jorunns Verwandte nahmen uns freundlich auf. Obwohl es schon später Abend war und die Bewohner des Hauses gerade hatten schlafen gehen wollen, wurde Essen auf den Tisch gestellt.

Auf ihre Fragen antwortete ich, so gut ich konnte. Wer ich war und woher ich kam. Dass ich aus meinem Dienst geflohen war, schien Jorunns Onkel nicht zu kümmern.

»Na, hier finden sie dich bestimmt nicht«, sagte er nur und lachte dröhnend.

Als es Zeit war, schlafen zu gehen, zeigte die Hausfrau Jorunn und mir ein gemeinsames Bett. Ich war noch verlegener als am Abend zuvor.

Die Nächte im Haus von Jorunns Onkel wurden eine Prüfung. Ich wagte kaum zu schlafen aus Angst, Jorunn auf eine Weise unbeabsichtigt zu berühren, die ihr missfallen würde, und ich war froh, als ihre Tante ein paar Tage später vorschlug, Jorunn solle zu den Sommerweiden des Hofes ziehen, die ein Stück oberhalb des Dorfes am Berg lagen. Dort würde sie sich zusammen mit der Tochter des Hauses und einer Magd um das Vieh kümmern.

»Du darfst sie natürlich besuchen, so oft du willst«, sagte der Onkel und zwinkerte mir zu.

Ich sollte auf dem Hof bleiben und bei der Landarbeit helfen. Meine Wirtsleute rechneten es mir hoch an, dass ich Bauernsohn war.

»Lieber einen deutschen Bauernjungen als einen

norwegischen Städter«, hörte ich den Onkel zu seiner Frau sagen.

Jorunn sollte zur Sommerweide aufbrechen, sobald ihr Fußgelenk abgeschwollen war und sie unbehindert gehen konnte. Wir waren übereingekommen, dass sie ihren Verwandten vorher von ihrer Schwangerschaft erzählen und sie in dem Glauben lassen sollte, das Kind sei von mir. Eines Abends sah ich, wie Jorunn ihre Tante beiseite nahm, und als sie zurückkehrten, riet ich aus dem anzüglichen Blick der Tante, dass es nun heraus war.

Am nächsten Tag wollte Jorunns Onkel mit mir allein sprechen. Seine barsche Miene erschreckte mich, aber ich fürchtete mich ganz unnötig. Nach einigen pflichtschuldigen Sätzen, dass er die Verantwortung für Jorunn anstelle ihres toten Vaters trug und wir damit hätten warten sollen, bis wir als Mann und Frau zusammenlebten und bis er sein Einverständnis gegeben hatte, sagte er, er freue sich, mich als Verwandten im Haus zu haben. Im Herbst, sagte er, würde er mir helfen, ein Stück Boden zu bestellen, das lange brachgelegen hatte. Auf diese Weise würden Jorunn und ich etwas Eigenes haben, auch wenn wir bis auf weiteres noch in seinem Haus wohnen würden. Und wenn ich eine eigene Hütte bauen wollte, würde er mir auch dabei helfen.

Ich verstand sehr wohl, dass er einen Hintergedanken hatte. Im Haus gab es keine Söhne, nur eine einzige Tochter, und sie war schon weit über das Heiratsalter hinaus. Im Haus wurde ganz einfach ein jüngerer Mann gebraucht, einer, der nicht nur als Knecht gedungen war, sondern durch verwandtschaftliche Bande zum Haus gehörte.

Am Abend, bevor Jorunn zu den Sommerweiden aufbrechen sollte, legte ihr Onkel ihre Hand in meine und ließ uns Treue geloben. Alle tranken auf unser Wohlergehen und Jorunn errötete, als ob sie wirklich eine junge, glückliche Braut wäre.

Mir gefiel es über alle Maßen bei Jorunns Verwandten. Die Arbeit war leicht, verglichen mit der Schufterei in Bergen, das Essen war gut und reichlich und die Menschen waren freundlich. Einige Male in der Woche wanderte ich zu den Sommerweiden hinauf, um Jorunn zu besuchen, vermied es aber, über Nacht zu bleiben. Ich merkte, dass die anderen Mädchen sich darüber wunderten, aber ich gab vor, ich müsse zeitig am Morgen arbeiten und kenne die Pfade nicht gut genug, um noch vor der Dämmerung ins Dorf absteigen zu können.

So verging der Sommer. Als das Laub sich gelb färbte, kamen die Mädchen von der Sommerweide zurück. Jorunn war ziemlich rund geworden. Sie klagte darüber, dass die Tritte des Kindes sie nachts wach hielten, und niemand wunderte sich darüber, als sie sagte, sie wolle allein schlafen, bis das Kind geboren war. Ich merkte, dass es auch sie belastet hatte, das Bett mit mir zu teilen, und ich zerbrach mir den Kopf, wie wir später damit fertig werden sollten.

Bald erfuhr ich, wie Jorunn darüber dachte. An einem kühlen Herbstmorgen sprach sie mich hinterm Stall an.

»Mathias, du sollst wissen, dass ich dir zutiefst dankbar bin für das, was du für mich tust. Wäre ich hier allein mit einem Kind im Bauch angekommen, hätten sie mich nicht so wohlwollend aufgenommen.

Dann wäre ich eine Belastung und eine Schande für sie gewesen.«

»Du brauchst dich nicht zu bedanken«, sagte ich. »Mir geht es hier gut.«

Aber Jorunn fuhr fort, als ob sie mich nicht gehört hätte: »Ich möchte dich nur bitten, so lange zu bleiben, bis das Kind geboren ist, oder noch den Winter, wenn du willst. Dann bist du frei zu gehen, wohin du willst.«

»Wir sind doch verlobt«, sagte ich.

Jorunn lächelte, aber es war ein freudloses Lächeln.

»An das Gelöbnis bist du nicht gebunden«, sagte sie. »Ich gebe dich frei, sobald das Kind auf der Welt ist. Ich wollte nicht, dass es unehelich geboren wird.«

»Wir werden sehen«, sagte ich und wandte mich ab.

Das Kind wurde im kältesten Wintermonat geboren, kurz vor Mariä Lichtmess. Niemals hätte ich geglaubt, dass eine Entbindung so lange dauern und so schwer sein könnte. Stunde um Stunde, eine ganze Nacht hörte ich Jorunn in der Kammer jammern, in die sich die Frauen des Hofes zurückgezogen hatten.

In der Dämmerung bat Jorunns Tante ihren Mann, eine heilkundige Frau holen zu lassen, die in einer Hütte ein Stück den Berg hinauf wohnte. Ich bot mich an zu gehen, aber man war der Meinung, dass ich den Weg schwerlich finden würde, und an meiner Stelle ging ein Nachbarjunge.

Jorunns Onkel und mir fiel es schwer, an diesem Tag etwas zu beschicken. Wir liefen wie ängstliche Kinder auf dem Hof herum, während die Frauen sich hin und wieder zeigten, um etwas zu holen oder ein bisschen Luft zu schnappen. Die Hebamme kam und verschwand zu dem Kindbett. Die ganze Zeit wimmerte Jorunn vor Schmerzen, manchmal kaum hörbar, manchmal so laut, dass es einem durch Mark und Bein ging.

Ich dachte an Simon. Hatte er auch so gewimmert, als Meister Berthold und seine Handlanger ihn fast totschlugen? Waren es Laute wie diese, die von Trommelschlägen und dem Geklapper von Metallgegenständen übertönt wurden?

Bei ihm war niemand gewesen, der ihm helfen konnte.

Ohnmächtige Verzweiflung übermannte mich. Ich ging zur Wand und schlug meinen Schädel dagegen, um das Gewimmer auszusperren, das wirkliche und das, was nur ich in meinem Kopf hörte.

Jorunns Onkel legte mir einen Arm um die Schultern und führte mich zur Bank zurück.

»Es wird schon gut gehen, du wirst sehen«, sagte er.

Aber ich wusste, dass auch er sich Sorgen machte. Seine eigene Frau hatte nur ein Kind zur Welt gebracht und war dabei fast gestorben. Deshalb hatten sie auf weitere Kinder verzichtet.

Jorunns Tante stand in der Tür.

»Mathias«, sagte sie, »es steht schlecht um Jorunn. Die Hebamme sagt, es ist, als ob sie das Kind im Körper behalten wollte, statt es zu gebären. Wenn es so weitergeht, werden bald beide sterben.«

Ich ballte meine Hände, dass die Fingerknöchel weiß wurden. Reichte es nicht, dass ich Simon niemals wiedersehen würde? Sollte ich nun auch noch Jorunn verlieren? Und das Kind, sein Kind, das ich annehmen wollte wie mein eigenes?

»Gibt es keine Hilfe?«

»Die Hebamme sagt, du kannst vielleicht helfen.«

»Wie?«

»Wenn du bei ihr bist, sie in den Armen hältst. Willst du das tun?«

Ich erhob mich so hastig, dass die Bank umfiel.

Jorunn lag auf einem Unterbett, das auf dem Boden ausgebreitet war. Ihr Gesicht war rot vor Anstrengung, der Mund verzerrt und die Augen geschwollen vom Weinen. Ihre hübschen Haare hingen in verschwitzten Strähnen um ihre Stirn. Sie wimmerte so herzergreifend, als ob alle Teufel der Hölle ihren Körper peinigten.

Die Hebamme kauerte neben Jorunn und strich ihr über den geschwollenen Bauch. Als ich hereinkam, erhob sie sich und fragte: »Bist du der Vater?«

Ich zögerte. Alle glaubten ja, ich sei der Vater des Kindes, aber selbst hatte ich die Worte noch nie in den Mund genommen, und die Frage war mir auch nie direkt gestellt worden.

»Ja«, sagte ich und hoffte, Gott würde mich nicht bestrafen für meine Lüge.

Dann zeigte die Hebamme mir, wie ich mich mit gespreizten Beinen hinter Jorunn setzen und sie so halten sollte, dass ihr Rücken an meiner Brust ruhte.

»Streich ihr über den Bauch«, sagte sie, »langsam, aber ziemlich kräftig. Atme ruhig und tief. Das hilft, dann wird sie aufhören zu kämpfen.«

Was ich in den nächsten Stunden erlebte, möchte ich nicht erzählen. Es sind die Geheimnisse der Frauen, die ich als Mann nicht kennen sollte. Trotzdem waren es Stunden, die ich nie vergessen werde, und ich bin froh, dass ich sie erleben durfte. Leben und Tod kämpften in der engen, muffigen Kammer um die Oberhand, und das Leben siegte.

Als die Hebamme den blutigen kleinen Körper hochhob und wir den ersten Schrei des Kindes hörten, als Jorunn erschöpft den Kopf hob und fragte: »Lebt es?«, da begriff ich, was Simon gemeint hatte, als er sagte, er möchte das Leben mit den Händen greifen.

Jorunn hielt das Kind in ihren Armen. Sie sah mich an und lächelte.

Nur langsam erholte sich Jorunn nach der Entbindung. Viele Wochen schlief sie zusammen mit dem Neugeborenen in der Kammer. Ich saß oft auf ihrer Bettkante und spielte mit den kleinen Fingern des Kindes. Es hatte Jorunns dunkelblaue Augen, aber die braunen Locken seines Vaters.

Wir tauften ihn Simon.

Wieder wurden die Tage heller und der Schnee an den Südhängen begann zu schmelzen. Jetzt war es zwei Jahre her, seit ich mein Zuhause verlassen hatte. Die Unruhe nagte in mir. Ich wusste ja nicht, was Jorunn wollte, ob ich bleiben durfte oder weggehen musste.

Wenn ich Jorunn mit dem Kind im Arm sah, wusste ich nur, dass mir bisher zwei Menschen in meinem Leben genauso viel bedeutet hatten. Anna und Simon. Die beiden hatte ich verloren. Ich ertrug den Gedanken nicht, auch noch Jorunn und das Kind zu verlieren.

Jorunn brachte die Sache nicht zur Sprache, und auch ich schwieg, so lange es ging. Aber als sie immer kräftiger wurde und ihre Tante vorschlug, sie sollte die muffige Kammer verlassen und zusammen mit mir auf den Boden ziehen, wusste ich, dass die Entscheidung fallen musste.

Jorunn hatte dasselbe gedacht. Bevor ich etwas sagen konnte, stellte sie schon die Frage: »Gehst du weg?«

»Möchtest du, dass ich es tue?«

»Ich kann nicht verlangen, dass du dein ganzes Leben hier bleibst und für das Kind eines anderen sorgst.«

»Ich habe gefragt, ob du es möchtest.«

Sie biss sich auf die Lippe und sah auf das Kind, das sie im Arm hielt. Das einzige Wort kam fast wie ein lautloses Flüstern: »Nein.«

»Du möchtest, dass ich bleibe?«

»Ja. Wenn du willst.«

Ich fiel neben ihr am Bett auf die Knie, legte meinen Kopf in ihren Schoß, spürte den Körper des Kindes nah an meinem Gesicht. »Glaubst du, dass du mich mögen kannst?«

»Ich mag dich, Mathias.«

Ich musste es sagen. Sonst würde es nie gesagt werden und mich für den Rest des Lebens quälen.

»Aber nicht so wie Simon?«

»Nein«, sagte sie. »Nicht wie Simon. Aber auf eine andere Art. Und du?«

Sie wusste es. Mit unendlicher Erleichterung begriff ich, dass sie es wusste.

»Ich werde Simon nie vergessen. Aber wenn du mich haben willst, gehöre ich dir.«

Jorunn lachte.

»Wir sind ein halbes Jahr verlobt gewesen«, sagte

sie, »und erst jetzt fragen wir uns, ob wir einander haben wollen. Das ist doch komisch, oder?«

»Wir sind ein halbes Jahr verlobt gewesen«, sagte ich, »und wir haben uns noch nie geküsst. Das ist doch auch komisch, oder?«

»Ja«, sagte sie, »das ist es.«

Ich nahm ihren Kopf in meine Hände und zog ihn zu mir. Vorsichtig berührte ich ihre Lippen mit meinen. Im einen Arm hielt sie das Kind. Den anderen legte sie um meinen Hals und drückte ihren Mund fester gegen meinen. Er war weich und warm.

Jorunn befreite sich und legte das Kind vorsichtig im Innern des Bettes ab.

»Komm«, sagte sie. »Komm und leg dich zu mir.«

So wurde es mein Los, das Leben zu leben, das Simon sich gewünscht hatte; es war meine Bestimmung, sein Schicksal zu meinem zu machen.

Aber es war kein blinder Zwang, der mich hierher geführt hatte. Es war meine eigene Entscheidung gewesen.

Hätten sich unsere Lebensbahnen nicht berührt, was wäre ich dann heute? Wohlbestallter Kaufmann in Lübeck? Oder eine schon lange begrabene und vergessene Leiche auf dem Friedhof neben der Marienkirche in Bergen? Wer weiß?

Bauer wurde ich; Bauer wie mein Vater. Ein gutes Leben wurde uns vergönnt, Jorunn und mir, mit harter Arbeit, aber auch mit viel Freude. Wir haben uns aneinander und an unseren Kindern gefreut.

Aber keins der anderen Kinder liebe ich so sehr wie dich, unser erstgeborenes mit den braunen Locken und den schwarzblauen Augen.

Und immer noch fliegt der Feuervogel nachts durch meine Träume.